KB065429

스카치캔디 할머니의
비밀주머니

작가 양부현

서울에 살면서 서울 같지 않은 오래된 동네를 좋아한다.
오래된 동네를 산책하기를 좋아한다.
낯선 카페에 앉아 길가는 사람들을 살펴보는 것을 좋아한다.
그리고 각자 모양 다른 시름이 그득한 그 얼굴들에
화사한 웃음이 피어나기를 소망하는 걸 좋아한다.

작가는 여러 글을 쓰고, 여러 영상을 만들어왔다.
다양한 현장 속 많은 사람들의 삶을 보고 겪은 시간들을
소설에 담아내고 있다.

각자 고단한 사연을 가진 독자들이
꿈을 펼쳐가는 리얼리스트가 되길 바라며,
이 소설이 그 길에 작은 이정표를 마련해 주길 바란다.

스카치캔디 할머니의
비밀주머니

양부현 지음

알투스

목차

1장. 스카치캔디 할머니와의 만남

신은 인간을 완전히 독립적이지도, 완전히 자유롭지도 않게 창조하였다.
_ 알렉시스 토크빌 : 프랑스 정치가, 역사가

눈을 떴다. 어젯밤에도 밤은 날카롭고 모질게 나를 괴롭혔는데, 그래도 아침은 왔다. 일단 아침 햇살을 놓치지 말자. 나는 블라인드를 올리고 창문을 반쯤 열었다. 블라인드를 올리고 창문을 반쯤 열기. 그건 매일 아침 나의 첫 번째 일과다. 창문을 다 열 용기는 없는데 빌라 일층의 내 방을 오롯이 다 행인들에게 노출할 용기가 없기 때문이다. 그래도 나는 이 방이 좋다. 다세대 주택의 옥탑방에 살 때는 햇빛을 죽이고 싶었다. 자기 소설의 주인공에게 햇빛 때문에 우발적 살인을 하게 한 카뮈가 이해되기도 했다.

"며칠 왔다 가라. 마침 토종닭도 한 마리 얻어 놨다. 푹 끓여서 죽도 해 먹으면 사나흘 만에도 기운이 생긴다. 여름이 오기 전에 기운을 만들어놔야 여름을 견딘다."

어디서 무엇을 사 오거나, 주문하거나, 바꿔오거나 할 때도 한결같이 '얻었다.'라고 말하는 엄마. 그 말이 참 듣기가 싫었는데, 엄마는 그 말투를 바꾸지 않는다. 젊을 때 남의 집 일을 오래 해서 주인 사모가 '가져가서 먹어요.', '가져가서 식구들 누구 주세요.'라고 하며 건네는 것들을 챙겨오던 버릇 때문일까. 자기 돈 주고 사 온 것도 꼭 '얻어왔다.'라고 말하는 엄마의 말투가 싫지 않을 딸이 있으랴. 엄마는 말은 늘 단문이고 두어 마디가 다인데, 어제 전화는 길었다.

초등학교 졸업을 앞두고 있던 겨울의 어느 날이었다. 열무김치며 우엉조림 같은 밑반찬을 가끔 살갑게 갖다주던 집주인 아주머니가, 이런 좋은 사람은 흔치 않다고 생각되게 하던 그 아주머니가 사실은 집주인이 아니었고, 전세보증금을 홀라당 들고 사라졌을 때도 "발등은 믿는 도끼에 찍히는 거다."라는 한 문장으로 요약 설명하고 끝내며 그 추운 날 이삿짐을 꾸리던 엄마였다.

　어제 엄마의 말은 아마 서울살이 십여 년 동안의 통화 중에 가장 길었으리라. 토종닭 이야기로 시작해서 옆 가게 떡집 아주머니의 조카 이야기로 끝났다. 엄마 머릿속에 토종닭 대신 매우 토속적인 인물인 옆 가게 떡집 아주머니의 조카가 들어있었으리라. 아주머니의 조카가 친구 결혼식 때문에 경주에 오는데 떡 가게에 달린 방에서 두어 밤 신세 지고 가도 되냐고 이모인 떡 가게 아주머니에게 연락이 왔었다는 거다.

　아주머니는 세 식구가 십 년도 훨씬 넘게 가게에 달린 방과 부엌 겸 욕실에서 살다가, 아파트를 분양받아 들어갔다. 아주머니가 키가 크고 인물이 좋으며 착한 사람이니 그 언니도 인물이 좋을 거고 심성이 좋을 것이며, 그 언니의 아들인 조카도 마찬가지일 것이라는 유전학적 견해와 군대에 늦게 간 그 조카가 재작년에 제대하고 취업을 해서 경기도 어디쯤 꽤 실속 있는 중소기업에 다닌다는 것이다.

"그런데 왜? 그 조카가 뭐 어쨌다고?"라고 물어보려다가 분명히 내 말이 칼끝처럼 쨍하게 전화선을 잘라낼 듯하여 대꾸 없이 다 듣고 있었다. '한번 만나 봐라.'라거나 '약속을 잡았다.'라는 말은 일절 없었다. 그저 "토종닭 푹 고아서 먹으며 사나흘 쉬었다 올라가라."가 끝이었다.

'퉁 퉁'

갑자기 창문이 흔들린다. 큰 가방을 들고 골목길을 나서는 사람이 부주의하게 내 창문의 방범창을 건드린 탓이다. 좁은 골목길에 바짝 지어진 낡은 빌라의 일층 방은 약간의 여유도 남겨 두지 않고 최대한 확장하고 창문에 방범창을 달았다. 마주 오가는 사람들이 서로를 비켜 길 가장자리로 이동하게 되면 내 창문에 덜렁거리는 방범창을 '쿵'하고 치고 가게 된다.

엄마는 간섭이 적은 사람이다. 굳이 뾰족하지도 않은 성적으로 서울의 대학에 진학하겠다고 했을 때도 반대하는 표정은 지었지만 반대하지는 않았다. 나이가 서른인데도 사귀는 남자는 없는지, 제대로 된 취직은 언제 하는지, 캐묻지 않았다. 그렇다고 그런 엄마가 나에게 늘 편한 건 아니다. 딱히 잔소리나 간섭은 없어도 언제나 목에 가시처럼 '엄마'라는 글자는 나에게 맺혀있다.

"세상천지에 달랑 두 모녀뿐인데 엄마랑 같이 지내며 근처 대학에 가지. 그 먼 서울까지 가서 방 얻어 살면 네 엄마 외로워서 어쩌냐."

그 먼 서울까지 이삿짐 보따리를 실어서 옮겨 준 외삼촌이 운전하는 내내 그 비슷한 말을 했었다. 고향에는 늦은 중년의 엄마, 서울에는 그저 그런 대학을 나온 문과 출신 계약직 노처녀 딸. 이 시대 가장 흔한 설정이다.

청춘에 대한 가장 심오한 정의는 '아직 비극에 직면하지 않은 인생'이라는 것이다.
_ 엘프리드 화이트 : 영국 철학자, 수학자

기차역에서 우두커니 한참을 앉아 있다가 무궁화호에 올랐다. 가장 저렴하기도 하지만, 고향까지 가는 시간이 가장 오래 걸리기도 한다. 기차는 요금이 싼 대신에 감수해야 할

것이 많았다. 아직 정오 무렵인데 술에 거나하게 취해 냄새를
풍기는 아저씨나 칭얼거리는 아이는 꼭 무궁화호에만 탄다.
기차에 탔는지, 식당에 왔는지, 타자마자 먹을거리를 꺼내 냄
새를 풍기는 아주머니도. 나는 크고 멋진 차를 몰고 창문을
조금만 열고 바람을 맞으며 신나게 고속도로를 달리는 상상
을 해보았다.

백팩에서 이어폰을 꺼내 블루투스를 연결하고 음악을 검
색했는데 인기곡 1위는 아이유의 노래였다. 남들처럼 나도
아이유를 좋아하면 좋겠다. 을씨년스러운 가성이 그녀가 이
십 대라는 걸 믿기지 않게 한다. 그녀는 아직 비극이라는 게
뭔지 몰라서 비극적으로 가성을 낼 수 있는 것이다. 비극을
경험한 사람은 이런 비극적인 음색을 내지 못한다. 아니 목소
리를 내지 못 하고 그냥 가끔 말을 할 뿐이다.

클래식은 모르지만, 가끔 듣는 모차르트를 클릭하고 나는
살포시 잠이 들었다. 밤새 그놈의 고양이 소리가 깊은 잠을
방해했다. 물론 잠을 못 자는 밤은 늘 나의 밤이었으니 고양

이 탓이기도 하고 내 탓이기도 하다. 나는 늘 깊은 잠을 못 잔다. 내 방 창문 앞에서 우는 고양이. 그 녀석은 중성화 수술을 한 놈인데 한쪽 귀 끝이 일 센티미터 정도 잘려져 있었다. 그것이 중성화 수술을 했다는 표시라고 하는데 사람들이 잔인한 건지, 그것이 최선인지. 나는 그런 모든 행위가 싫다. 고양이가 싫다.

"이번 역은 단야, 단야역입니다. 내리실 분은…….."

'어, 단야라고? 그런 역이 있었나? 그런 역이 새로 생겼나? 단야…. 밤을 끊어 냈다는 뜻인가. 누가 시킨 것처럼 나는 벌떡 일어났다. 이어폰을 낀 채로 급하게 짐을 챙겼는데 짐이라고 할 건 어차피 무릎 위에 올려놓은 백팩이 전부였다. 그렇게 나는 단야역에 내렸다.

내리는 사람은 나뿐인가 했는데 뒤따라 할아버지 한 분이 내렸다. 할아버지는 느리게, 천천히 기차 문의 손잡이를 붙잡고 한발 한발 조심스럽게 내렸다. 할아버지가 내리고 나서 그렇게 느리던 기차는 쏜살같이 내달렸다. 기차역을 빠져나오는데 좀 어설픈 풍경이 보였다. 여느 기차역처럼 우동집도 없었고, 매표소라고 부르기에도 초라한 유리 칸막이를 지나서 터벅터벅 걷다가 기차역 앞 버스 정류장에 섰다. 트럭 한 대가 '쌩'하니 먼지를 날리며 지나가고, 자전거도 지나갔다. 나는 그냥 서 있었다.

"버스는 하나야. 아가씨 어디가?"
같이 기차에서 내린 할아버지다.
'말 걸지 말았으면…….' 하고 바랐는데, 그 작은 소망이 이루어지지 않는다.
"아, 여행 왔어요."
그렇게 우리는 텅 빈 버스에 같이 올라탔고, 몇 정류장을 지나 강물이 보이는 작은 마을에서 내렸다. 할아버지도 따라내렸다.

"아가씨 숙소는 정했나? 이 동네 하나 있던 여관이 없어진지가 오래되었는데……."
대답을 기다리던 할아버지는 마음이 급했나 보다.

"저기 오르막길을 따라가면 골목이 나오고, 뭐 골목이라고 할 수도 없지만, 좁은 길이 꺾어지는데 거기 가게가 하나 있어. 가게는 간판만 달려있고 장사는 안 해. 그 집에 방이 두 개 비어 있는데 민박을 해. 그 집밖에 없어. 오래전 이 동네가 물에 잠기기 전에는 여관도 있었고, 꽤 좋은 집도 있었고, 서울에서 내려온 사람들이 별장도 지어서 술 마시고 놀고 그랬지. 마을에 사람도 많았는데 지금은 얼마 안 남았어. 더운데 오르막길 올라가기 귀찮겠지만 그래도 그 민박이 깨끗하고 싸게 해준다네. 주인 아지매가 사람이 야무지거든. 이제는 손님이 일 년에 몇이나 온다고, 가끔 오는 낚시꾼 받으려고 방을 맨날 싹 깨끗이 치워놓거든. 장마가 끝나서 다행이야. 이제 한참 쨍쨍할 거야. 더위도 시작이고."

총명함은 모든 것에 쓸모 있으나 어떤 것에도 충분하지는 않다.
_ 헨리 프레더릭 아미엘 : 스위스 철학자

지퍼를 쭉 열면 옷걸이 몇 개가 걸려있는 비키니옷장, 작은 상, 그리고 누가 읽다 놓고 간 책들 몇 권, 단정히 개켜진

1장. 스카치캔디 할머니와의 만남

이부자리. 그렇게 밤이 끊어진 마을에서 며칠 묵기로 해 버렸다. 아직 비극을 마주하지도 않았으면서 온갖 비극적인 표정을 짓고 나는 강가로 나갔다.

길은 온통 웅덩이투성이었다. 서울도 아마 보름 넘게 비가 내렸으니 이 시골 마을이 오죽했겠나. 무릎 높이의 잡풀들이 뭉텅이로 쓰러져 있기도 했고, 아름드리나무가 삐딱하게 서 있기도 했다. 강은 어디가 시작이고 어디가 끝인지 모르게 시커멓게 위용을 드러내고, 자욱한 물안개가 풍경화를 만들고 있었다.

나는 가방을 열어 작은 몰스킨 수첩을 꺼냈다. 작은 글씨로 빼곡히 채워놓은 아이디어 수첩이다. 거기에는 나의 주인공들이 밥을 먹고, 걷고, 울고, 웃고 있었다. 수첩을 강물에 던졌다. 망설이지 않았다. 더는 내 이야기를 들어주지 않는 세상에 내 이야기를 계속할 필요는 없다. 작은 수첩은 금세 강물 속으로 사라졌다. 나는 잠 못 드는 밤을 끊어내고 싶었다. 밤새 불안하게 이야기를 만들어가는 시간을 끊어내고 싶었다.

할 일은 당연히 없었다. 그냥 강을 따라 걷다가, 낚시터가 눈에 띄었다. 가늘고 긴 통나무를 연결해 만들어놓은 평상, 낚시꾼들이 버려놓고 간 의자며 낚시도구들과 밥을 끓여 먹은 가재도구들. 물고기를 잡아서 그 자리에서 끓여 매운탕을 해 먹었으리라. 얼큰하게 술도 한잔 곁들여. 주머니에서 손수건을 꺼내 앉을 만한 자리에 펼쳐놓고 걸터앉았다.

그 회사는 그랬다. 에디터라는 명함을 한 장 파주고 정말 바닥까지 핥아내듯 나를 부려먹었다. 이름 대면 누구나 알만한 잡지사 명함 한 장을 얻느라, 나는 젊음을 갖다 바쳤다. 계약직이었다가 계약직조차 아니었게 되었고, 내 책상도 주어지지 않았으며 프리랜서라는 이름으로 일에 맞춰 일했다. 나는 몇 년이나 장당 얼마의 노동력을 제공했다. 시간당 얼마도 아니고, 장당 얼마라니. 근수 달아 파는 정육점도 아니고, 킬로그램당 얼마 하는 횟감도 아니고, 10포인트 행간 여백 160% A4 용지 한 장당 얼마. 어떤 달은 그마저도 내부 직원들이 다 소화하고 일을 전혀 주지 않았다. 그런 달은 사람이 얼마나 쩨쩨해지던지.

그 사람은 그 잡지사의 팀장이었다. 감각도 있었고 총명한 남자였다. 같이 일을 해보면 유능한 자와 그렇지 않은 자의 차이는 엄청나다. 굳이 말이 필요 없이 착착 자기 역할을 하면서 동료의 일을 수월하게 풀리게 해주는 사람. 그는 그렇게 총기가 보이는 남자였지만 줄을 잘 서지는 못했다. 그 중요한 광고주 관리가 잘 안 되고 골프도 칠 줄 몰랐으며, 임원들과의 식사 자리에 불려가지 못했다. 말수가 없는 게 아니라, 말을 할 필요성을 못 느끼는 것 같은 남자. 회사는 점점 그를 부담스럽게 느낀다는 것을 책상도 주어지지 않던 프리랜서조차 눈치채게 하였다. 이 정도 이야기하면 마치 그와 내가 얽히고 설키고 울고 짜고 헤어지고…… 그런 아침드라마가 생각날 것이다. 그러나 우리 사이엔 아무 일도 일어나지 않았고, 그가 유부남이 아니었기에 불륜의 주인공이 되지도 못했다.

정말 아무것도 없었다. 프리랜서 계약 기간이 종료된 날 우리는 같이 밥을 먹었다. 우리는 그저 밥을 한번 먹은 게 다였다. 광화문에도 널린 게 밥집인데, 굳이 자하문터널을 지나서 서대문 방향으로 가다가 오른쪽으로 빠져서, 그는 나를 매운탕집으로 데려갔다. 내가 그에게 들은 건 왜 매운탕을 좋아하는 지가 전부였다.

그는 경상남도 삼천포가 고향이었고 삼천포에서도 항구 가까이에 살았다. 배가 들어오는 날의 풍경을 그는 몇 개의 문장으로 표현했다. 그렇지만 그가 그렇게 말을 많이 하는 것도 처음 보았다.

"가만있던 사람들이 막 춤을 추기 시작하는 거야. 물고기는 퍼덕거리고, 그물이 내려지고, 어린 내 눈엔 무릎까지 오는 장화를 신고 팔꿈치까지 오는 장갑을 낀 어른들이 물고기처럼 퍼덕거리며 춤을 추는 것 같았지."

"왜 삼천포로 빠진다는 말이 있는지 알아?"

그가 물었다. 국문과 출신인 나는 그 의미를 몰랐다. 삼천포는 경상남도 진주시 아래에 있는데, '장사꾼들이 장사가 잘 되는 진주로 향하다가 길을 잘못 들어 삼천포로 가서 장사가 쫄딱 망하게 된다.'라는 의미에서 유래되었다고 그는 길게 설

명했다. 그날의 식사와 대화는 몇 년을 짝사랑으로 가슴앓이
한 내 첫사랑 여정의 끝이었다.

"내 인생이 삼천포로 빠진 건가……. 라는 생각을 요즘 하
고 있어."
그 말을 끝으로 나는 그를 다시 보지 못했다. 이런 날 돌이
켜볼 연애담조차 변변하지 않은 게 나의 현실이다.

해가 넘어가고 있었다. 살짝 한기도 느껴지는 장마 끝의
눅눅함과 더불어 기분이 좋지 않은 날씨였다. 조금만 더 둘러
보고 민박집으로 되돌아가자. 어떻게 동네에 사람 하나 보이
지를 않는지, 적막하고 고요했다.

인생은 뒤돌아보아야만 이해가 된다. 그러나 앞을 보고 살아가야만 한다.
_ 쇠렌 키르케고르 ; 덴마크 철학자

'여기에 어떻게 저런 집이 있을까?'
문득 그 할아버지의 말이 생각났다. 이 동네가 융성하던

시절에는 서울에서 내려와 별장을 짓고 고기를 굽던 사람들이 많았다고 했었다. 그때 지어진 집인가. 하얀 이층집은 일층에는 포치가 있었고, 이층에는 빨간 머리 소녀가 금방이라도 고개를 내밀며 손을 흔들어 줄 듯한 아치형의 창문들이 있었다. 집으로 들어가는 입구에는 이팝나무들이 길을 열고 있었다.

어느 해이던가 '조경수 특집' 면을 도맡아서 기쁘게 스무 페이지가 넘는 지면을 혼자 채운 적이 있었다. 취재도 나가고 식물 전문가들도 만났다. 그래서 나무라면 어디 가서 빠지지 않을 잡학은 갖추었는데, 그때 이팝나무를 알았다. 길지도 짧지도 않게 3주 정도 하얀 꽃이 나무 전체에 피는데, 가을이 되면 보랏빛이 도는 콩 모양의 열매가 나무를 뒤덮는다. 공해에도 강하고 병충해에도 강하다. 세게 생기지 않았는데 센 놈이라서 치열한 경쟁을 뚫고 청계천을 장식하는 나무로 뽑히기도 했다. 그렇게 이팝나무들은 양쪽으로 줄 서서 길이 끝난 곳에 다시 길을 만들고 있었다.

오래된 세월의 흔적은 여기저기 보이지만, 한창때는 정말 예뻤을 집 같았다. 그때 삐그덕 삐그덕 포치에 놓여있던 커다란 흔들의자가 움직였다. 잠깐 멈칫했다. 빈 의자인 줄 알았는데, 자그마한 몸집의 할머니 한 분이 의자 깊숙이 몸을 묻은 채 앉아 계셨다.

"어디서 왔나?"
"서울에서요."
"여기 그늘이 시원해. 바람도 좋고. 앉아서 쉬어 가."
　할머니는 맞은편에 놓인 스툴 형태의 의자를 가리키고는 뜨개질 바구니에서 작은 주머니를 꺼내 사탕을 하나 주셨다. 스카치캔디다. 왠지 이 할머니와 어울리는 사탕이다. 시골 할머니 차림새와 다르게 자잘한 나뭇잎 무늬의 시폰 소재 원피스. 별장으로 쓰던 집에서 눌러살게 되신 건가. 나는 사탕을 까서 입에 넣고 강 쪽을 바라보았다.

　'아' 하고 잠깐 감탄사를 뿜어낼 뻔했다. 강은 굽이 져서 할머니 집 앞에서 꺾이고 있었다. 건너편에 섬인지 산인지 나무가 무성한 언덕이 있고, 물안개는 자욱해서 바람을 따라 강이 흘러가는 곳을 뒤따라 흐르고 있었다.

할머니는 코바늘로 뜨개질을 계속하고 계셨고, 흔들의자도 살짝살짝 흔들리고 있었다. 할머니는 말이 없었다. 젊은 사람 붙잡고 길게 이 이야기 저 이야기 늘어놓는 건 아닌지 의자에 앉으면서 걱정했던 것은 나의 기우일 뿐이었다.

입속에 스카치캔디가 서서히 다 녹았다. 어릴 때 사탕을 녹여 먹지 못했는데 그 단맛을 더 많이 느끼려고 했는지 성급하게 부셔 먹고 금방 후회했다. 어른이 되면 사탕을 천천히 끝까지 녹여 먹을 수 있게 되는 건가.

시간이 멈춘 것 같았다. 강줄기는 바다를 향하고 있겠지만, 멈춘 듯 조용히 흘러가고 있었다. 나는 어디쯤 온 걸까. 나는 어디까지 갈 것인가. 우리나라 사람들은 '나이를 먹는다.'라고 말한다. 세상 어느 언어에도 '나이를 먹는다.'라는 표현은 없을 것이다. 나는 먹지도 않았는데, 자꾸 나이는 나보고 네가 나를 먹었노라고 우겨온 것이다. 이제, 서른. 나는 서른 번을 먹었다. 나이라는 것을. 아무 맛도 없는 달지도 쓰지도 않은 그것을.

"강을 너무 오래 보지 마."

"네?"

"젊은 사람이 너무 그렇게 뚫어져라 물길을 보는 건 곱지가 않아."

"네?"

"무슨 일이든 너무 끝의 끝까지 뚫어지게 보지마. 그러다보면 시간이 멈추는 것 같고 어디서 무엇이 잘못된 건지 자꾸 뒤돌아보게 되거든. 강물을 하염없이 바라보면 말이야. 자꾸 옛날 생각이 나고, 자꾸 후회되거든. 나이를 먹는다는 건 후회가 쌓인다는 거야. 한 번에 하나씩만 보는 게 좋아."

"아, 네……."

"뒤돌아보면 어디서 무엇이 잘못되었던 건지 알게 되지. 그런데, 사는 건 앞으로 나가는 거잖아. 그냥 앞만 보는 게 더 좋은 것 같아."

그 포치에 앉아서 한 시간쯤 있었던 것 같다. 그 할머니와의 대화는 그게 다였다. 말없이 내내 뜨개질을 하시던 분. 세월을 낚아서 한 코 한 코 엮어가는 것이다. 그 할머니의 일과는.

남들이 어떻게 생각하는지는 중요하지 않다. 나 자신의 생각이 중요하다.
_ 샤를 페로 : 프랑스 작가

시골의 밤은 빨리 깊어진다. 무엇을 할까. 나는 이제 글을 쓰지 않겠다는 나의 결심을 노트북을 챙겨오지 않은 행동으로 나의 의식에 새겼다. 책도 한 권 챙겨오지 않은 것도 마찬가지다.

이런 시골 민박집 방 작은 상 위에 놓인 몇 권의 책. 누가 읽다가 두고 간 것일까. 나는 그중에 눈길을 끄는 한 권을 집어 들었다.

'거울이 된 남자'*

옛날 프랑스에 예의 바르고 우아한 한 남자가 있었다. 그는 상대를 있는 그대로 묘사할 수 있는 빼어난 능력으로 모두에게 인정을 받았다. '포르트레^{portraits}'*를 가장 잘하는 사람이었다. 사람들은 저마다 감탄했다. 어쩌면 이처럼 섬세하게 묘사할 수 있는지. 거울이 널리 보급되지 않았던 시절이라, 그 남자의 묘사는 대상이 가장 정확하게 자신의 모습을 알게 해주었다. 남자의 이름은 오랑트.

그는 상대의 외모와 몸짓, 표정을 세밀히 묘사하였고, 그 대상은 자신에 대해 정확히 알게 되었다. 그러나 오랑트는 대단히 불균형한 능력의 소유자이기도 했다. 오랑트는 표현력이 발달한 것과 달리 기억력이나 판단력은 전혀 가지지 못했다. 말을 해서 좋을 것과 굳이 말할 필요가 없는 것을 구별하지 못했고, 오로지 보이는 그대로를 묘사할 뿐이었다. 마치 거울처럼.

오랑트에게는 세 명의 남동생이 있었다. 그들도 오랑트처럼 포르트레를 하고 사물을 묘사했지만, 자기 방식대로만 했다. 첫째 동생은 몸이 앞으로 굽어 있어서 늘 모든 대상을 실제보다 작고 하찮게 묘사했다. 둘째 동생은 몸이 뒤로 굽어서 대상을 늘 실제보다 많이 부풀리며 과장하기를 좋아했다. 셋째 동생은 자세가 엉거주춤해서 삐뚤어진 막대기처럼 서 있었는데 단정한 사람도 전혀 알아볼 수 없는 괴물로 묘사했고, 오히려 이상하게 생긴 대상은 아름답게 묘사했다. 역자는 오목 거울, 볼록 거울, 원통 거울로 첨언하였다. 그러니 세 동생은 묘사가 정확하지 못해서 오랑트처럼 대상을 왜곡하지 않고 있는 그대로 묘사할 수 없었다. 대신에 판단력은 명확해서 자신들의 평범하지 않은 능력을 알아채고 자신들의 호기심을 발달시킬 수 있는 연구실로 들어갔고 수학연구에 전념했다. 자신들의 불균형을 파악한 것이다.

오랑트는 사교계에서 이름을 날렸고, 여인들에게 열렬한 환대를 받았다. 상대 여인들 한 명 한 명의 외모에 대해 사탕발림 대신에 정확한 묘사를 끊임없이 할 수 있는 능력을 인정받은 것이다. 상대가 듣기 싫어하는 말이라도 입에서 나오는 걸 참지 않고 악담도 스스럼없이 했다. 특이한 것은 그렇게 싫은 소리를 듣더라도 여인들은 오랑트를 찾아 몰려간다는 것이었다. 오랑트의 이야기를 들어야만 자신의 문제점을 알게 되기 때문이었다. 여인들은 자세와 옷차림, 머리 장식까지 오랑트의 지시를 따랐다. 오랑트는 하루하루를 각각의 여인들에게 각자의 매력을 정확히 찾아내어 칭찬해 주고, 단점은 스스럼없이 솔직히 말해 여인들이 자신을 좋은 방향으로 바꾸는 데 도움을 주는 시간으로 보냈다. 오랑트 주변에 여인들이 끊임없이 몰려들었다.

어느 날 살롱에 너무나 아름답기로 소문난 칼리스트라는 여인이 오게 되었고, 그녀는 오랑트의 칭찬을 한 몸에 받게 되었다. 칼리스트는 오랑트에게 집착하게 되었다. 오랑트는 칼리스트가 집으로 돌아가면 그녀를 깨끗이 잊었지만, 칼리스트는 오랑트로부터 자신의 아름다움을 확인하기 위해 한시도 그를 잊을 수 없었고 틈만 나면 오랑트를 찾아갔다.

어느 날 칼리스트는 몸져누웠고 큰 병에 걸렸다. 그녀는 점차 회복되었지만, 모진 병을 앓은 끝에 흉측해져 버렸다.

주변의 사람들은 속으로 크게 실망했지만, 칼리스트에게 상처를 줄까 봐 아무 내색도 하지 않았다.

"얼굴색이 안 좋긴 하지만, 여전히 아름다워."라고 위로해 주었다. 하지만 칼리스트는 사람들이 자신을 배려해서 빈말하는 것일지도 모른다고 의심했고, 진실을 말해줄 오랑트의 판단이 듣고 싶었다.

초조한 심정으로 오랑트를 찾아간 칼리스트. 그러나 오랑트는 여전히 묘사에 충실했다.

"몰골이 끔찍하다."

있는 그대로 내뱉어 버린 것이다. 칼리스트가 느낀 고통은 더 끔찍했다. 오랑트는 전혀 망설이지 않고, 정확한 표현으로 끔찍한 묘사를 계속해 나갔다. 분노를 멈출 수 없었던 그녀는 탁자 위에 놓여있던 커다랗고 날카로운 머리핀을 집어 들어 오랑트를 힘껏 찔렀다.

그때, 평소 오랑트를 좋아했던 사랑의 신이 찾아왔다. 사랑의 신도 죽어가는 오랑트를 살릴 수는 없었다. 그동안 수많은

　　　　　　　　1장. 스카치캔디 할머니와의 만남

여인들이 오랑트를 통해 사랑받는 여인으로 변모해 왔는데 더는 그럴 수 없다는 것이 안타까웠다. 결국, 사랑의 신은 오랑트가 살아있을 동안에 가졌던 능력을 그대로 유지하게 했다. 오랑트를 거울로 만든 것이다. 대상을 있는 그대로 보게 하는 오랑트의 능력은 거울이 되어 유지되었다. 그리고 사랑의 신조차도 그 거울을 보고 자신과 똑 닮은 거울 속 자신과 사랑에 빠지게 되었다.

'포르트레 예술에는 오랑트처럼 눈에 보이는 모든 것을 묘사하는 정확한 표현력 뿐만 아니라, 같은 것들 속에서도 우열을 가리고 할 말만을 선택하는 판단력도 요구된다. 세상 모든 것에는 여러 가지 면이 존재하고 그것을 바라보는 관점에도 여러 방식이 존재하므로, 항상 긍정적인 시각으로 긍정적인 면을 바라보려 노력해야 한다.'

전래동화 작가답게 샤를 페로는 교훈적인 말로 이야기를 끝냈다.

시골의 밤은, 초여름의 밤은 농도가 짙었다. 동화의 아버지

샤를 페로는 무려 삼백 년을 뛰어넘어 오늘 밤 내게 거울을 들이대었다. 정확하고 세밀하게, 그 대신 판단력은 잃지 말라는 조언과 함께. 정확하지만, 균형을 잃어버려서는 안 된다.

'나는 나를 어떻게 묘사할 것인가.'

'나는 어디쯤 있는가.'

그 소년이 말했다. 울기에는 너무 자랐고 웃기에는 상처가 너무 아팠다.
_ 에이브러햄 링컨 ; 미국 대통령

지난밤, 딸이 목적지를 바꾸었음을 안 엄마는 크게 낙담했다. 토종닭은 푹 익을 대로 익어 살이 뚝뚝 떨어지게 먹기 좋게 발라주고, 죽은 푹 끓여 며칠을 먹이리라 계획했던 엄마. 딸이 얄미울 텐데 긴 이야기는 하지 않았다. 엄마는 알고 있었다. 내가 울기에는 너무 자랐고, 웃기에는 너무 많은 상처가 있으리라는 것을. 떡가게 아주머니의 조카 이야기는 꺼내지도 않았다. 말이 적은 사람이 눈치는 더 빠른 법. 딸의 고단

---

*'포르트레 portraits' 하나의 예술 장르로서 미술 분야에서는 보통 '초상화'의 의미로 알려져 있다. 문학에서는 사람이나 대상을 언어로 가장 정확하게 묘사하는 것을 일컫는다.

한 일상에 잔소리 한 번 더 얹는 일은 하지 않았다.

낚시라도 배워둘걸. 낚시가 취미인 남자와 오 년을 같이 일했는데, 낚시 갈 때 한번 따라가겠다고 나서라도 볼걸. 아침의 강은 환했다. 어제와 똑같은 코스로 걷다가, 낚시터에 잠깐 앉아서 이어폰을 꺼냈다. 아이유를 좋아하지는 않지만, 그 비극적 가성이 강물과 잘 어울렸다. 나는 울고도 싶었고, 웃고도 싶었다.

정말 열심히 살아왔다. 대학 때는 온갖 소설 공모에 출품했고, 졸업하고는 영화제작사, 방송국, 출판사 등에 수없이 장당 한 푼도 쳐주지 않는 원고를 보냈다. 소설도 쓰고 시나리오도 썼다. 나는 이야기를 하고 싶었다. 간절히 이야기하고 싶었다. 내 글을 통해 세상에 이야기하고 싶었다. 두어 군데 연락 온 곳도 있었지만, 이런저런 핑계로 내 글이 세상에 나온 적은 없었다. 내 얼굴엔 '문송합니다.'라는 슬픈 훈장과 더불어 나이까지 덧붙여졌다. 이십 대와 삼십 대는 또 다른 경계선이다. 서른이 되고 나니 더 쭈뼛쭈뼛하게 되었다. 따끈따

끈한 갓 졸업자도 널렸는데, 굳이 까다로운 직무도 아닌데 대리급 정직원보다 많은 나이의 계약직은 부담스러운 법이다. 나도 내가 부담스러운데. 그래. 이해해줄게.

나는 날마다 읊조렸다. 무기력하지 말기, 슬프지 말기, 아프지 말기, 자책하지 말기…… 어느 날, 그렇게 읊조리며 엘리베이터에 타는 데 치마가 짧은 그녀와 머리카락이 짧은 그녀가 본부장님 흉을 보다가 나를 보고 흠칫하더니, 말이 좀 더 많은 치마 짧은 그녀가 머리카락이 짧은 그녀에게 다 들리는 귓속말로 "괜찮아. 계약……. 곧 끝나." 계약직 앞에서는 상사 흉을 봐도 그 상사 귀에 들어갈 가능성이 없음을 서로 확인하고 안도하면서 그녀 둘은 대화를 이어갔다.

세상이 불공평하다고 느끼는 것은 촌스럽다. 불공평한 대우를 받는 사람만이 그렇게 느낀다. 그래서 나는 불공평하다는 생각을 안 하기로 했다. 나는 아직 극적인 비극을 당면하지도 않았다. 나는 멀쩡하다.

강을 따라 걷다가 눈에 들어오는 이팝나무 길. 그 할머니가 흔들의자에 앉아 계실까. 시선을 집 쪽으로 올려보았다.

나는 그 '스카치캔디 할머니'를 잘 묘사해낼 수 있을까. 세세한 동작이며 표정, 그리고 영혼까지. 균형 잡히게. 말을 해서 좋을 것과 입을 다물어야 할 것을 구별할 수 있을까.

할머니는 흔들의자에서 졸고 계셨다. 아침잠이 부족하셨나. 손에는 뜨개질 꾸러미를 잡은 채로. 초여름인데도 서늘한 기운이 집을 감싸고, 의자 옆에는 스카치캔디가 들어있던 작은 주머니도 그대로였다. 나는 할머니를 깨우지 않기 위해 살며시 소리를 내지 않고 어제 앉았던 그 스툴에 앉았다.

할머니의 무릎 옆에 놓인 스카치 캔디 주머니에서 사탕 몇 알이 삐죽이 나와 있었다. 나는 그 맛을 잘 안다. 세 가지 맛이다. 바나나 맛, 버터 맛, 커피 맛. 나는 그중에서 커피 맛을 좋아한다. 할머니는 무슨 맛을 좋아하시는지, 잠을 깨시면 여쭤보고 싶어졌다. 사탕 봉지도 기억이 새롭다. 사탕 봉지에는 영국 버킹엄궁의 근위대가 당당히 서 있다. 둥글고 긴 검정 털모자를 쓰고 백파이프를 물고 연주하는 군악대의 모습이다. 위풍당당하게 세계를 호령했던 영국의 위용을, 그리고 여왕을 지키는 근위대의 힘을 더욱 과장해서 보여주기 위한 것이다. 과장된 모자는 캐나다 흑곰의 가죽이라서 동물보호 단체들의 항의를 받지만 지금도 그것을 착용하기를 포기하지 않는다는 신문 기사를 읽은 적이 있다.

할머니는 아침잠치고는 깊이 잠들어 계셨다. 바나나 맛, 버터 맛, 커피 맛 근위대가 여왕을 모시듯 할머니 곁을 수호하고 있는 것인가. 살짝 하나 까서 입에 넣고 싶은 생각이 들었지만, 감히 근위대에게 손을 댈 수가 없다. 어디선가 백파이프 음악이 울리고, 금방이라도 근위대가 행진해 몰려올 것 같은 기분이 들었다. 여전히 물안개가 자욱했다.

할머니는 외로워서였을까. 자신을 지켜줄 근위대가 필요했을까. 도도히 흐르는 강물을 구경하는 사이 할머니가 말을 걸었다.

"왔구나. 올 줄 알았어."

"네, 할머니. 산책하다가 여기까지 또 왔어요."

할머니는 말없이 오늘도 스카치캔디를 건네며 뜨개질을 다시 시작했다.

"다른 식구는 없나요?"

"응. 혼자 지낸 지 꽤 되었어. 아이들은 서울에 있고, 할아버지가 먼저 가시고 긴 시간을 나 혼자 지내게 되었네."

해서는 안 될 말인지도 몰랐지만, "외롭고 쓸쓸하시겠어요."라고 말해버렸다.

"글쎄. 외로운 건 중요하지 않지."

"그럼 중요한 건 뭔가요?"

"후회."

"후회요?"

할머니는 답이 없으셨다. 같이 강물을 우두커니 보고 있다가 나는 말을 해서 좋을 것과 입을 다물어야 할 것을 구별하지 못했고 불쑥 내뱉었다.

"무얼 그리 후회하시나요?"

한참 말 없던 할머니는 조심스럽게 말을 꺼냈다.

"영국, 그때 영국에 안 간 것."

"네?"

"나는 영어를 좋아했어. 자네 나이에 영어는 외국 말일 뿐이지만, 그 시절 나에겐 신세계였지. 영어를 배울 곳도 없었지만, 영어책을 구해 읽고, 영문학과에 갔지. 시골에서 자란 내가 영어를 전공하는 대학에 간 건 그 당시로는 상상하기도 어려운…… 음……. 파격 같은 거였지."

"대단하세요. 할머니."

"꿈만 같았지. 영국 선교사 출신 스승을 만났고, 외국 문물을 경험하고 온 교수들, 외국인 선생들……. 커피를 마시고 밤새워 버지니아 울프를 읽고 제인 오스틴을 읽었지. 나는 새로운 세상에 눈을 떴어. 그 시절 조신하게 있다가 적당

한 나이가 되면 결혼하고 살림하는 게 일반적이었지만, 나는 그 모든 일반적인 삶을 거부하고 싶었어. 나는 날아가고 싶었어. 그리고 기회가 드디어 왔어. 벌써 오륙십 년 전이니, 시골에서는 딸을 혼자 외국에 보낸다는 건 깜짝 놀랄 일이었거든. 아가씨는 이해가 안 가겠지만……. 글쎄, 그런 건 다 핑계였을 거고, 그때 영국에 안 간 건 결국 내 결정이야. 좋은 사람을 만났으니까. 그 남자를 두고 떠날 수가 없었어. 아들, 딸 낳고 착한 남편과 잘 살아왔어. 성실했던 내 남편은 내가 이리 오래 살 줄 알았던 건지, 풍족하게 지낼 유산을 남겼어. 아이들도 가끔 오고. 제 아버지 닮아서 애들도 착해."

"그런데 왜 아직도 후회하세요?"

"하하. 나를 잊은 세월은 아니었을까. 오십몇 년의 세월이 말이야. 나는 버지니아 울프를 공부하고 싶었어. 그 의식의 흐름을 더 알고 싶었어. 세상에서 가장 고통스러운 단어는 '후회'야. 분명 신은 나를 선택했던 거야. 그래서 기회를 준 거야. 영국에 가라고. 그런데 나는 그걸 던져 버린 거야. 저 흐르는 강물에……."

그날 밤, 나는 잠들지 못했다. 나에게 오지 않은 기회를 생각했다. 내가 버릴 기회조차 주지 않은 기회에 대해 생각했다. 스무 살 그 어린 나이에도 아르바이트 급여를 받으면 서점으로 달려갔다. 무수한 밤을 그 기회를 기다리며 나를 응원했다. 나는 이제 용서할 수가 없다. 나에게 기회를 주지 않은 세상을 용서할 수가 없다.

다시 책을 들었다. 오랑트는 왜 그렇게 상대를 세밀하게 묘사했을까. 오랑트는 자신은 왜 묘사하지 않았을까. 오랑트는 자신을 볼 수가 없었다. 자기 눈으로 자신을 볼 수 있는 사람은 없다. 그래서 거울이 된 것이고, 오랑트는 자신은 볼 수 없고 자신을 통해 자신을 볼 수 있는 상대만 본 것이다. 나는 나를 본 적이 있는가. 나는 남의 이야기만 썼다. 나 자신의 이야기도 남의 입을 통해 해왔다.

어쩌면 나는 오랑트의 세 형제 중 하나는 아니었을까. 세상의 거만함을 볼록 거울이 되어 더 과장하고, 세상의 낭만은 오목 거울이 되어 더 좁고 얇게 묘사하지 않았을까.

그날 밤 꿈은 어수선했다. 바나나 맛 스카치캔디는 볼록 거울이 되었고, 버터 맛은 오목 거울이 되었고, 커피 맛은 원통형이 되어 산만하게 몸을 꼬았다. 나는 결국 밤을 끊어내지 못했고, 단야의 밤을 맞이하지 못한 것이다.

새벽에 눈 떠서 그를 생각했다. 그가 나에게 골드인테리어 특집면을 맡겼을 때, 주변의 시선이 차가웠다. 그렇게 쨍하니 이쁜 지면을 장식할 특집 페이지를 몽땅 프리랜서에게 맡기다니, 비용처리도 귀찮을 텐데. 정직원들이 맡아야 할 특집면을.

조경수 특집이 반응이 좋았고, 온라인에서도 조회 수가 높아서 그는 나를 믿고 맡겼다. 나는 누구보다도 꼼꼼하게 취재하고 공부하고 열심히 했다. 다른 사람들이 허상만 보고 고급스러운 지면을 만드는 데 집중할 때, 나는 더 디테일을 찾아

내고, 비용을 절감할 방법까지 현장을 돌고 돌아 찾아내었다. 한 달 내내 몸살이 날 정도로 뛰어다니고 완성도 있는 표현들로 지면을 꾸려나갔고 그는 대단히 만족해 했다. 맞다. 세상에서 나를 알아주고 작은 기회라도 준 사람은 그 사람뿐이었다.

그렇게 특집면이 나가고 밥을 같이 먹자는 여자 동료들이 생겼다. 특집면이 내 차지가 된 것이 못마땅하던 그녀들도 "근처에 생긴 카레집이 맛있어요."라며 나를 이끌었다. 그녀들이 나에 대한 이야기를 좋지 않게 하고 다니던 일은 카레와 함께 비벼버리고, 나는 웃었다.

"내가 먹어본 카레 중에 가장 맛있네요."

나는 감탄사를 연발했다. 그 회사에서는 그때 잠깐 행복했었다.

계속 비가 내렸다. 산책하러 나가지 못하고 방에 틀어박혀 끊어지지 않는 생각들에 휘감기고 있을 때 민박집 주인아주머니가 방문을 톡톡 두드렸다. 찐 고구마 접시를 방에 들여놓으며 말을 걸었다.

"비가 와서 좀 답답하지요. 고구마 한 번 먹어봐. 우리 아들이 지난겨울에 휴가와서 얼마나 꼼꼼하게 신문지에 돌돌 말아 창고에 잘 쟁여놓고 갔던지, 고구마가 밭에서 방금 캔 거 같아. 얼마나 맛있는지 몰라. 우리 아들이 손이 야무져. 나 안 닮아 키도 큰 놈이 손매는 여자 같아. 부대에서도 인기가 많대. 애가 성격이 워낙 좋거든."

고구마로 시작된 아주머니의 아들 자랑은 한참 이어졌다. 눈앞에 아들이 그려지는 듯 얼굴에 함박웃음이다.

"애가 공부가 좀 모자라나 싶더니, 철들고 나서 그렇게 열심히 하는 거야. 고등학교 때는 반에서 삼등까지 올랐어. 객지에서 공부하니 챙겨줄 사람도 없는데 알아서 열심히 하고 방학 때는 집에 와서 내 일도 거들고, 참 요새 그런 애 어디가도 없을 거야. 그러니 부대에서도 잔일을 도맡아 하고 선임들에게도 사랑받고 그러는 거지. 이제 제대 몇 달 안 남았어. 대학 공부 일 년 더하면 취직도 잘 될거래. 걱정하지 말라고, 엄마 고생도 얼마 안 남았다고. 너무너무 고맙지 뭐야."

"좋으시겠어요. 그런 듬직한 아들이 있으시니."

"그럼 그럼. 여기 방에 낚시꾼 손님이 한창 많을 때는 우리 아들이 손님들 수발까지 들었지. 그래서 손님들이 아들에게 용돈도 주고 그랬다우. 그 돈이 중한 게 아니라, 그렇게 며칠 묵어가는 아저씨들 한 사람 한 사람도 꼭 자기 아버지 모시듯 그렇게 살갑게 했다우. 아이고 보고 싶네. 우리 아들."

마침 비가 잦아드는 듯해서 아주머니가 두고 간 고구마를 접시 채 봉지에 담아 얼른 가방에 챙겼다. 고구마가 식을까 봐 발걸음을 빨리했다.

지난 일에 대한 후회는 잊혀지지만, 하지 않은 일에 대한 후회는 잊혀지지 않는다.
_ 시드니 J.해리스 : 미국 기자

"이렇게 먹을 거 들고 찾아와 주는 친구가 생겨서 너무 좋네."
할머니의 반가운 표정에 나도 기분이 좋아졌다.
"민박집 주인아주머니가 사람이 참 좋으신 것 같아요."
"참 맛있네. 촉촉하게 딱 맛있게 쪄졌네."

할머니는 목이 막히시는지 시원한 찻물을 내어오셨다.

"물이 보약이야. 세상에 맛있는 건 참 많지만, 진짜 귀한 건, 물이야."

"참 구수하네요."

"대추 말린 것, 옥수수, 보리, 돼지감자 말린 것도 조금. 적당히 끓여서 식히지. 좋은 물을 마셔야 해. 페트병에 든 생수로 목마름을 달래지 말고, 정성스럽게 끓여서 식힌 물을 먹어. 자기 자신을 위해서 공을 들여야 해. 물부터 말이야."

"할머니, 혹시 '거울이 된 남자' 이야기를 아세요? 샤를 페로라는 동화작가가 쓴……. 우리가 다 아는 신데렐라나 빨간 모자 같은 전래동화를 동화집으로 만든 작가예요."

할머니께 '거울이 된 남자' 이야기를 들려드렸다. 그가 상대를 어떻게 자세히 묘사했는지, 자기 자신은 보지 못했는지, 때로는 하지 말아야 할 이야기까지 상처를 주면서 했는지.

할머니는 관심 있게 듣고는 한참을 말이 없으셨다.

"오랑트는 행복했을지도 모르겠다. 후회도 없었을 테

니……."

"할머니, 그 유학을 못 떠난 일이 그렇게 후회되시니 제가 봐도 참 안타까워요."

"아니, 그게 가장 큰 후회가 아니야."

"네?"

"물론 가보지 않은 길이 늘 마음속에 있고, 후회도 되고 그렇지. 그런데 가장 큰 후회는 그게 아니야."

할머니의 고통스러운 후회가 그게 아니라니, 나는 놀라운 기분이 들었다.

"남편이 먼저 가고, 더 큰 후회가 생겼지. 나는 열심히 공부했고, 기회를 만들려고 애썼지만, 막상 기회가 왔을 때 그 기회를 잡지 못한 게 항상 후회스럽고, 현실에 만족감이 들지 않았지. 그래서 나한테 진짜 소중한 게 무엇인지도 생각해 보지 않고 살았어. 그게 더 큰 후회야. 남편은 성실하고 나를 위해주는 착한 사람이었어. 그런데 난 그 사람이 내 영혼과 맞바꿀 만큼 소중하다는 걸 평생 모르고 살았어."

할머니는 울컥하시며 잠시 말을 잊지 못하셨다.

"아침에 눈 뜨면 주방에서 차를 끓이는 그 사람이 얼마나 소중한지, 대추를 따서 꼼꼼히 씻고 잘게 썰어 말리고 찻물을 끓여서 평생 페트병의 생수를 한 번도 먹게 하지 않은 남편이 얼마나 좋은 사람이었는지, 자기가 나보다 먼저 가면 내가 궁해질까 봐 나를 위해 조금씩 따박 따박 연금을 넣어놓은 사람. 그 사람한테 진심으로 내 마음을 다하지 못했던 것. 그게 가장 큰 후회라는 걸 남편이 세상을 먼저 뜨고 나서야 알았어. 나는 그 사람을 제대로 보지도 않았던 거야. 오랑트처럼 그 사람을 제대로 보기라도 했었다면 얼마나 좋았을까. 여기 나란히 둘이 앉아 저녁노을이 물든 강을 바라볼 때 나는 강만 봤는데, 그 사람은 나를 봤지. 추울까 봐 담요를 내어오고, 더울까 봐 그늘 쪽으로 의자를 옮겨주고 부채질을 해주고…. 그런데도 나는 늘 강만 봤어. 그게 뼈마디가 아프게 후회돼."

인간은 운명의 포로가 아니다. 단지 자기 마음의 포로일 뿐이다.
_프랭클린 루즈벨트 : 미국 대통령

　　　모두가 잠든 밤에

혼자 우두커니 앉아

다 지나버린 오늘을

보내지 못하고서 깨어있어.

누굴 기다리나

아직 할 일이 남아 있었던가

그것도 아니면 돌아가고 싶은

그리운 자리를 떠올리나

무릎을 베고 누우면

나 아주 어릴 적 그랬던 것처럼

머리칼을 넘겨줘요.

그 좋은 손길에

까무룩 잠이 들어도

잠시만 그대로 두어요

깨우지 말아요

아주 깊은 잠을 잘 거예요.

　　민박집으로 돌아오는 길에 아이유의 노래를 들었다. 그래서인지, 그날은 아주 깊은 잠에 빠져들었다.

'우당탕탕'

한밤중에 문을 세게 두드리며 주인아주머니가 목청을 높였다.

"아가씨, 일어나봐. 일단 일어나 있어. 가방도 챙기고."

"네? 무슨 일이에요."

"강물이 넘어 버렸어. 강둑을. 밤에 갑자기 폭우가 쏟아져서 걱정되더라만. 며칠 내내 비가와도 큰비는 아니어서 큰걱정은 안 했는데 난리가 났어. 스피커 소리 못 들었어? 모두 대피하라고."

"네? 그럼 어디로?"

"일단 있어 봐. 여긴 지대가 높아서 여기까지는 괜찮을 거야. 그래도 혹시 모르니 가방은 다 챙기고, 일어나 있어 봐. 마을회관 방송 나오는 거 듣고. 일단 있어 봐. 여기까지는 괜찮긴 해. 그래도 혹시 모르니 잠들지는 말아 봐요."

잠결인지 꿈결인지 나는 얼마 안 되는 짐을 쌌고, 무릎을 안고 방 귀퉁이에 앉았다.

스피커 소리가 들렸다.

"둑 쪽에 집들은 다 대피하셨지요? 지금 상황을 계속 보고 있습니다."

　다급한 듯하지만 아주 다급하지도 않은 목소리였다. 이런 일을 한두 번 겪어본 게 아니라는 목소리 같기도 했다. 비는 천둥소리와 함께 무섭게 내렸다. 그렇게나 깊은 잠에 못 드는 내가 그 와중에 살짝살짝 졸았다. 비가 무서운 걸 나는 몰랐으니까.

　다음 날은 난리가 났다. 짐을 챙겨 나서는 데 민박집을 알려줬던 그 할아버지를 만났다.

　"저어기 저 강이 꺾어지는 쪽에 별장이 하나 있거든. 할머니가 혼자 사셨어. 그 깔끔하던 할아버지가 먼저 가시고, 서울 사는 자식들이 와서 모셔가려고 그렇게나 애원해도 움쩍도 하지 않고 그 집에서 혼자 사시던 할머니 집인데, 그 집이 반쯤 물에 잠겨서. 대피 방송도 못 들으셨는지. 그렇게 아주 큰비는 아니었거든. 몇 년 전에 너무 놀란 일이 있어서 이 마을 사람들은 미리미리 대피하고 보는 거지 일단. 마을회관에 사람들이 모였어도 그 집은 아무도 생각을 못 했어. 나도 우리 닭장 간수하느라 생각이 거기까지 안 갔어."

"그 할머니는요? "

"지금 그 이야기하는 거잖아. 할머니가 안 보인다고. 어디 가는 거야? 아가씨, 어딜 그렇게 뛰어가?"

할아버지의 말이 끝나기도 전에 나는 뛰었다. 무릎까지 질 퍽질퍽한 흙이 감겨왔다. 길은 여기저기 패였어도 없어지지는 않았다. 경찰차가 와 있고, 구급차도 보였다. 나는 망가진 포치, 허리 한 귀퉁이가 움푹 잘려 나간 그 하얀 이층집을 정신 나간 것처럼 바라보고 있었다.

2장. 바다 소년 이야기

모든 어른은 불완전하다는 것을 어린아이가 이해할 때쯤 그는 청년이 된다.
_ 엘던 놀런 : 캐나다 시인

매운탕을 좋아하는지 안 좋아하는지 물어볼 걸 그랬나. 그녀의 숟가락은 느렸다. 날씨도 더워 오는 데 차라리 냉면집으로 데려갈 걸 그랬나. 단둘이 밥 먹는 건 처음이었는데, 내 마음대로 매운탕 집에 데려가다니 나도 참 한심하다.

'그동안 여러 기사, 특집면들 정말 내 손이 따로 갈 필요도 없이 마무리 잘해준 것 고맙다.'

'특히나 페이가 너무 형편없었던 것, 미안하다. 미디어를 여러 개 가지고 있으면서도 회사가 글 값에 너무나 인색한 것

은 부끄러운 일이다.'

'성실하고 재주 좋으니 어디서 일하든 잘할 것이다.'

'내가 이리저리 어쩌다 다른 일자리를 알아보게 되면 소개해주겠다.' 등등.

그런 모든 말들은 입 밖에 내지도 못했다. 의례적이지 않지만, 의례적으로 보일 게 뻔하다. 항상 사람들은 말을 의례적으로만 하니까. 그리고 꼭 해야 했을 말조차 끝내 하지 못했다.

'너는 다르다.'라는 말…….

그녀에게 삼천포 이야기를 왜 했을까. 해야 할 말은 하지 못하고 기껏 삼천포라니. 처음엔 계약직이었다가 2년 후엔 프리랜서로 일을 시켰다. 내심 정직원이 될 수도 있을 거라고 기대했을지도 모른다. 그러나 그걸 내 마음대로 할 힘이 나에겐 주어지지 않았다. 계약 기간이 끝났을 때, 나는 그녀를 붙잡아 두고 싶었다. 일을 덜어주는 게 편하기도 했지만, 말 없는 내 말을 말 없는 그녀가 척척 알아서 듣고 일을 처리하는 게 편하기도 했지만……. 남들이 다 아이스 아메리카노를 사다 마실 때, 내가 노란 커피믹스를 좋아한다는 걸 아는 그녀는 편의점 얼음컵을 사다가 커피믹스 두 봉지를 끓는 물에 녹여서 아이스커피를 만들어 주었다. 나는 그런 대접을 평생 받아 본 적이 없었다. 아버지의 매운탕 이후로는. 아버지가 회를 뜨고 남은 것들로 시원하게 탕을 끓여 주시던 그 어린 날 이후로는.

생선 이름은 여러 가지였다. 가자미도 넙치도 있었겠지만, 아버지 입맛을 따라 나도 돔을 좋아했다. 싱싱한 놈으로 끓인 매운탕에는 절대 고추 양념을 넣지 않는다. 그저 시원한 맛에 먹는 것이다. 뜨겁고 시원하게. 어린 나이엔 알지 못할 시원한 맛을 나는 너무 일찍 알아버렸다.

배가 들어오면 사람들은 검고 기다란 장화를 신고 팔꿈치까지 오는 장갑을 끼고 여럿이서 그물을 걷었다. 기계라고 할 것까지도 없는 쇠막대기 연결한 그물받이 위에 그물을 끌어올려 감아 나갔다. 팔을 요란하게 빨리 움직이는 아저씨들 근처에는 아주머니들이 커다랗고 빨간 고무대야를 들고 뛰어다녔다. 고기가 많이 잡힌 날은 더 바빠져서 어부와 어부의 아내들은 춤을 추듯 팔을 휘젓고 뛰어다녔다. 나는 가겟방 문을 빼꼼히 열고 그 가운데 가장 키가 크고 가장 잘 생기고 가장 젊은 내 아버지를 보는 것이 좋았다. 참 좋았다.

"낚시는 바다낚시지. 민물은 낚시도 아니야. 바다에 서서 쫙 당길 때 이 짜릿한 맛이 진짜 낚시 맛이지."

일곱 살 무렵부터 날 좋을 때는 바다낚시에 데려가셨다. 배 타고 나가서 온종일 고기 잡고 오시는 생업도 힘들었을 텐데, 쉬는 날 어린 꼬맹이를 데리고 갯바위에 자리 잡고 고기를 낚았다. 고기 낚는 법도 꼼꼼히 가르쳤다. 낚싯대를 잡는 파지법부터, 어떻게 매듭을 매는지, 바늘을 묶는지. 상당히 위험하기도 해서 아버지는 평소 점찍어 둔 갯바위 안쪽의 약간 오목한 공간에 나를 세우시고는, 거기를 벗어나지 못하게 지키셨다.

"바다낚시는 심리전이야. 물고기와 나의 심리전이야. 꼭 잡는다는 확신이 있어야 해. 얘들이 다 알아. 낚시꾼이 어떤 마음인지. 바다의 혁명가처럼 크고 기운차게 오늘 꼭 큰 놈을 낚는다는 확신 말이야."

그러면서 아버지는 큰 주먹을 공중에 불끈 쥐어 보였다.

'나 오늘 큰 놈으로 다 잡아버리고 말겠어!'

그런 몸짓으로.

아버지는 내 이름도 크고 강한 뜻을 가진 이름으로 지으셨다. 내 이름은 대혁이다. 크고 혁명적인 아들로 키우고 싶으셨던 거다. 나는 아버지가 길고 큰 낚싯대에 커다란 돔을 휘감아 올리는 그 광경을 볼 때를, 바다와 하늘 그 사이에서 몸부림치는 돔이 결국은 아버지 손에 잡혀 올려지던 때를 잊지 못했다. 아버지가 나폴레옹보다 혁명적이고 이순신보다 더 멋진 장군이었다. 아버지는 나에게 세상, 그 자체였다.

아버지 이후에 아무도 나에게 위인이 되지 못했고, 누구도 나의 존경을 받지 못했다. 나에게 그 대상은 아버지뿐이었다.

어느 날 아버지가 탄 배는 돌아왔는데, 아버지는 돌아오지 않았다. 삼천포에서도 또 잘 못 빠질 길이 있었던 건지. 선원은 여덟, 돌아온 사람은 다섯. 가장 키가 크고 가장 잘 생기고 가장 젊은 내 아버지가 자기 힘으로 자신을 지킬 수 있었지만, 힘이 달리고 숨이 가쁜 다른 선원의 목숨 줄을 놓을 수 없었다. 그때 나는 학교에서 받아온 5학년 2학기 새 사회 교과서에 나온 세계 위인들을 공부하고 있었다. 나폴레옹은 키가 작았고, 윈스턴 처칠은 못생겼고, 루즈벨트는 힘이 없어 보였다. 나는 우스웠다. 아무도 내 아버지처럼 큰 갯바위 위에서 호령하는 모습이 어울리지 않았다.

"바다야, 내가 왔다. 우리 대혁이도 왔다."

그렇게 멋있게 외칠 수 있는 사람은 세상에 내 아버지밖에 없다. 나는 새로 받은 교과서에 내 이름을 썼다. 아버지가 지어 준 크고 혁명적인 내 이름을. 내 아버지가 바다와 싸우던 그 어둡던 날, 그 시간에.

"어제 아버지랑 나랑 네 키만 한 돌돔을 잡았다. 대단하지? 아마 우리 마을에서 그렇게 큰 놈은 처음일걸. 사람들이 구경

하느라 얼마나 몰려들던지……. 내 아버지는 해양대학을 수석으로 졸업했다고. 그러니 그 큰 물고기를 척척 잡는 거야. 아무나 잡을 수 있는 게 아니야."

그런 자랑도 더는 할 수가 없었다. 나는 우리 아버지라는 말을 쓴 적이 없었다. 항상 내 아버지라고 말했다. 어디에도 내 아버지 같은 아버지는 없으니까. 아버지와 내가 서 있던 그 갯바위 위에 나는 우두커니 오래오래 앉아 있었다. 그리고 일찍 청년이 되었다.

눈물이 마르지 않은 어머니 손에 이끌려 먼 친척이 사는 서울로 올라온 나는 늘 퍼덕거리던 생선들과 길고 검은 장화를 신고 춤을 추던 어른들과 비릿한 내음이 그리웠다.

어머니는 여리고 약한 사람이었다. 아버지 그늘에서 벗어나는 것은 어머니를 더 약하게 만들었고, 친척 집의 문간방에서 어머니는 더없이 작아져 있었다. 그리고 새아버지. 나쁘지 않은 분이었다. 어머니만큼은 따사로이 지켜줄 것 같았고, 나는 내가 지켜야 할 것 같았다. 기숙사가 있는 고등학교를 고르고 나는 집을 나섰다.

지능은 '얼마나 빨리 이해하는가'이지만, 재능은 이해된 것을 현명하게 수행하는 것이다.
_ 엘프리드 화이트헤드 : 영국 철학자 수학자

나는 재능이 없다는 걸 알았다. 아니 몰랐다, 그녀를 알기 전에는.

말이 없고 융통성 없고 친구가 없어도, 글 쓰는 사람이라는 핑계로 그럭저럭 포장은 될 줄 알았다. 일찍 어른이 된 청년에게 글 쓰는 시간은 남다른 사람이 되는 시간이었다. 그런데 계약직 여직원 한 명이 회사에 왔다. 별로 두드러진 프로필도 없었지만, 말도 안 되는 적은 급여에도 고개를 끄덕이는 계약직은 그리 많지 않았다. 그런데 그녀는 달랐다. 나와도 달랐고, 다른 직원들과는 더 달랐다.

이야기가 살아 있었다. 조경수 특집을 맡겼을 때 나무들이 지면에서 일어나 걸어오는 것 같았다. 온갖 이름의 나무들이 저마다의 논리를 펼치며 정원에서 콘퍼런스를 하는 것 같았다. 글이 정갈하면서도 힘이 있고 온갖 정보들을 흡수하여 독자의 이야기로 뿜어내는 것 같았다.

특집면 스무 페이지를 다 읽고 나니 거리의 나무들이 예사로이 보이지 않았다. 퇴근길에 회사 앞 도로의 가로수를 다정히 만져 보기까지 했다.

형식적으로 이곳저곳 협찬받고 슬쩍 업체 홍보를 끼워서 인터넷 뒤져 자료를 긁어오고, 관련 분야 교수들 두어 명 전화로 인터뷰 따고 사진기자들 찍어오는 컷 중에 몇 개 고르면 끝나는 의례적인 일들. 그런 의례적인 일들이 그녀에게는 일어나지 않았다. 그리고 나는 내 글쓰기를 접기로 했다. 그냥 회사원으로 사는 게 내 그릇이라고 생각했다. 그녀에 비해 나는 정말 아무것도 아닌 재능으로 글 쓰는 흉내를 내고 있었던 것이다.

그녀가 안타깝게 재능을 썩히는 게 뻔히 보였지만, 그 오년이라는 세월을 그냥 지켜보는 수밖에 없었다. 나는 재능도 없었지만, 용기도 없었으니까. 장당 얼마 하는 원고료를 경비 처리할 때 기껏 몇 페이지 더 쳐주는 게 내가 그녀에게 한 최상의 대접이었다. 편의점 얼음컵에 탄 커피믹스 몇 잔 값…….

　시간은 누가 뒤에서 미는 것처럼 정처 없이 밀려갔다. 회사는 나를 지겨워했고 내 자리에 지겹지 않은 사람을 찾고 있다는 것을 눈치 없는 내가 알아차렸다. 나도 진이 빠졌다. 늘 돌려막기처럼 마감을 맞추고, 경력사원으로 들어온 프로필 빛나는 광고주의 따님인 팀원은 나의 하루를 더 조여 왔다. 그렇게 십 년 넘게 일한 곳을 떠날 때 내 짐 꾸러미는 쇼핑백 하나면 충분했다. 팀원들은 밤늦게 술 한번 같이 마셔 본 적 없는 팀장을 굳이 현관까지 따라 나와 배웅할 필요는 없었으리라. 의례적인 악수로 우리들의 관계도 마감을 맞췄다.

　아무 생각을 하지 않기로 했다. 많은 생각을 하는 것 보다 아무 생각을 안 하는 것이 훨씬 힘들다는 것을 알지만, 그래도 아무 생각을 안 하기로 했다. 그리고 주섬주섬 낚시 장비를 챙겼다. 민물낚시는 낚시도 아니다. 최대한 간단하게 장비를 챙겼다. 그리고 기차역으로 향했다.

재능이 기회를 만드는 것이 아니라, 강렬한 욕망이 기회와 재능을 같이 만든다.
_ 에릭호퍼 : 미국 철학자

　　무궁화호를 타본 건 처음이었다. 궁상을 떨 생각은 없었지만, 목적지까지 가는 기차 중에 무궁화호가 첫차였다. 아무 생각을 하지 않기로 하고 오직 아무 생각을 안 하는 데에 집중하는 사이, 옆자리에 어떤 할아버지가 앉았다. 건너편 자리에서 건너와 내 옆자리에 앉았다. 굳이.
　　"아까 보니 낚싯대 가방을 저기 올리던데, 낚시 가나?"
　　"네."
　　"어디로 가나?"

　　할아버지는 정말 조용하고 혼자 낚시하기 좋다고, 요즘 물이 좋다고, 굳이 나를 이끌었다. 그리고 처음 들어보는 '단야역'에 내렸고, 할아버지가 소개해 준 민박집에 짐을 풀었다.

민박집 방의 풍경은 단출했다. 작은 비닐 소재 지퍼 달린 옷장이랑 밥상으로도 쓰일 것 같은 낮은 키 책상, 가지런한 이부자리.

"보름쯤 전에 물난리가 한번 났어. 여긴 몇 해 건너 한번은 있는 일이야. 몇 년 전에 정말 크게 강물이 넘쳐서 난리가 난 이후로 나라에서 돈을 많이 썼어. 둑도 더 쌓고. 그래서 이젠 물난리가 나도 큰일은 안 나. 조심하면 돼. 낚시터에도 물이 덮쳐서 북새통이 났지만, 다 손을 봤어. 정리하고 나서 자네가 처음이야. 풍경이 참 좋아. 조용히 강 바라보며 낚시하면 신선이 따로 없지."

짐을 내려놓고 마을을 한 바퀴 도는 데 할아버지의 말씀대로 풍경이 참 멋있었다. 물안개가 건너편 언덕을 휘감고 꺾어지는 물길을 따라 이동하고 있었다. 낚시터 모양새도 좋았다. 한때는 전국에서 낚시하러 몰려오는 명소였다고 하는데, 나는 왜 몰랐을까. 오늘은 바람만 낚자. 세월만 낚자. 물고기는 내일 잡자. 나는 강둑을 따라 하염없이 걸었다. 저 멀리 홍수 이후에 정비를 안 한 하얀 이층집이 보였다. 일층 쪽 난간 부분이 잘려 나가 있었다. 집 입구에 정원수 몇 그루가 넘어져 있었다. 원래는 정원수들이 가지런히 줄지어서 이층집으로 안내하고 있었던 곳 같았다. 멋있게 지은 집인데 조금 안타까운 생각이 들었다.

민박집 아주머니의 상차림은 깔끔하고 좋았다. 오랜만이다. 이런 상차림. 콩자반이며 깻잎절임, 우엉, 생선구이, 된장찌개……. 반찬이 열 가지가 넘었다. 아주머니는 인심이 좋은 사람이었다.

"밥이 너무 맛있는데, 양이 많아서 조금 남겼어요. 죄송합니다."

"아이고 젊은 양반이 그걸 다 못 먹나. 많이 먹어야지. 하긴 요즘 젊은이들은 우리 젊을 때만큼 많이 먹지는 않더라고. 여기 민박에도 오히려 나이 든 아저씨들이 밥을 많이 드시고 가지, 젊은 손님들은 많이 드시지는 않아. 우리 아들도 키가 크고 어깨가 딱 벌어진 장성인데, 먹는 건 그다지 많이 먹지는 않거든. 아무거나 잘 먹지만 체격에 비해 양이 적은 편이야."

"그렇군요……."

"우리 아들이 지난달에 휴가 왔을 때 저 깻잎 한 장 한 장 다 따주고 갔다우. 애가 얼마나 손이 야무진지 깻잎을 따서 씻어서 착착 포개놨는데, 삐죽 나온 게 없이 가지런하게……. 깻잎 한 장 한 장 양념장을 묻히는데 아들이 어찌나 보고 싶던지. 그놈이 싹싹해서 부대에서도 인기가 많다우. 제대가 얼마 안 남았어. 저기 마당 끝에 쇠솥 보이지? 아들 제대할 때는 저기다가 토종닭을 큰 놈으로 몇 마리 삶으려고. 아들 친구들도 불러서 먹이고."

아주머니는 아들이 눈 앞에 서 있는 듯 아들에 대해 자세히 설명했다. 아버지 닮아 발이 크고, 쌍꺼풀이 굵은 큰 눈이라고 했다. 콧대도 높고, 머리숱도 많고. 제대하고 머리 기르면 숱이 많아서 이발을 자주 해야 한다고. 아주머니는 아들의 초상화를 그리고 있었다. 거울처럼 세밀하게.

"정말 좋으시겠어요. 그렇게 든든한 아드님이 곧 제대라니……."

무심한 나는 그쯤에서 아주머니의 아들 자랑을 의례적인 덕담으로 마감했다. 얼핏 보니 마당 끝에 무쇠솥은 녹이 많이 슬어 있었다.

낚시 장비를 아무리 간소하게 챙겨도 기본적인 것들이 양이 꽤 된다. 아무리 민물낚시라도. 그래서 다른 짐은 최소화해서 책 한 권 들고 오지를 않았다. 낮은 키 책상 위에 책들이 몇 권 놓여있었다. 이 집 아들이 읽던 책인가. 낚시꾼들이 놓고 간 책인가. 한 권 한 권 제목만 보고 말려다가, 그중에 한 권을 집었다.

윈스턴 처칠*이다. 어릴 때도 안 읽던 위인전이라니. 그냥 몇 페이지 설렁설렁 넘겨보기로 했다. 처칠을 모르는 사람이 세상에 있나…….

내가 집어 든 건 처칠이 쓴 자서전이었다. 청년기 처칠의 사진은 생각보다 멋있었다. 사관학교 다닐 때의 사진이 표지를 장식하고 있었다. 쌍꺼풀이 굵은 눈매는 나중에 영국을, 전 세계를 주무르는 위대한 정치가가 될 거라고는 보이지 않는 우울감과 두려움이 엿보였다.

그는 솔직했다.

"이 책을 쓰면서 나는 이미 사라진 시대의 초상을 그리고 있다는 걸 알게 되었다. 사회의 성격, 정치의 토대, 전쟁의 방법, 젊은이의 인생관, 가치관의 기준 등 이 모든 것이 어떤 강력한 혁명 없이 이루어졌다고는 믿기 어려울 정도로 짧은 시간에 변화되었다. 다만 그것들이 모든 면에서 더 나은 방향으로 변화되었다고 생각하지는 않는다."

세상의 변화는 더 나은 방향으로 가지만은 않는다는 말에 나는 동감했다. 그리고 그의 이야기에 빠져들었다.

처칠의 첫 기억은 아일랜드부터 시작되었다. 처칠의 어머니는 내 어머니와 달리 강하고 찬란했다. 몸에 착 달라붙는 승마복 차림이었고 영원한 부와 권력을 가진 듯이 보였다. 처칠은 어머니를 사랑했으나 어머니와 처칠 사이에는 늘 유모가 있었다. 그 당시 상류층의 일반적인 생활상이었으리라. 처칠은 유모와 가정교사 사이에서 자랐지만, 어머니를 눈부시게 바라보았다. 어린 처칠에게 가정교사는 세상에서 가장 무서운 존재였다. 학교라는 곳은 더 무시무시한 존재였다.

학교에서 어린 처칠이 만난 첫 번째 무서운 존재는 라틴어 문법이었다.

"우울한 저녁 아픈 마음을 안고 라틴어 어미 제1변화 앞에 앉아 있는 나를 상상해 보라. 이게 도대체 무엇을 의미하는 것일까? 아무짝에도 쓸모없는 짓 같았다."

학교는 엄격했고, 체벌도 일상적이었다. 어린 처칠은 학교를 싫어했고, 항상 불안한 시간을 보냈다. 그리고 라틴어를 외우고 또 외웠다. 그러나 공부는 바닥이었고, 운동 실력도 형편없었다. 점점 자기 관심이나 흥미에 맞지 않는 것을 배우려 하지 않았고, 학습능력은 떨어졌다. 십이 년을 학교에 다니고도 처칠은 라틴어 경구나 그리스어 알파벳 이상을 쓸 수 없었다. 그러나 또래보다 조숙했고, 누구보다도 먼저 청년이 되었다.

훗날 처칠은 회고했다. 옛사람들의 문법이나 구문이 아닌 역사나 관습에 대해 배웠더라면 더 나은 성적을 거둘 수 있었을 것이라고. 청년이 된 처칠은 역사 공부에 깊이 빠져들기도 했다.

열두 살부터 더 큰 시련이 기다리고 있었다. 역사나 시 또는 작문이 출제되기를 바랐던 시험에는 라틴어나 수학이 기다리고 있었고 시험은 늘 망했다.

우열이 가려지던 학교에서 가장 열등한 학생이었던 처칠은 라틴어나 그리스어처럼 멋들어진 언어가 아니라, 영어밖에 못하는 머리 나쁜 학생으로 취급되었기 때문에 열등반에서 영어를 깊이 있게 배우는 기회를 얻게 되었다. 지문을 분석하는 방법에 대해 꼼꼼하게 배웠고, 영어 문장 분석을 반복해서 연습했다. 평범한 영어 문장의 기본적인 구조도 뼛속 깊이 깨닫게 되었다.

'그것은 실로 중요한 배움이었다. 라틴어 시나 짧은 그리스어 경구 같은 것을 써서 상을 받았던 동기들이 훗날 자신들의 출세나 생계를 위해 영어를 써야 할 때 적어도 나는 그들보다 유창하게 영어를 구사할 수 있었다.'

열등생이던 처칠이 천이백 행의 '고대 로마의 노래[Lays of Ancient Rome]'를 단 한 번의 실수도 없이 암송해서 상을 받은 사건은 그의 특별한 능력을 스스로 끌어내는 계기가 되었고, 결국 육군예비시험을 통과하는 작은 기적까지 만들어내었다.

처칠의 미래 병영 생활은 장난감 군대 컬렉션에서 시작되었다. 그 당시 상류층 가정의 아이들이 그랬듯이 처칠과 그의 동생은 어린 시절부터 장난감 병정을 모으고 군대놀이를 했다. 처칠이 군대에 들어가게 된 결정은 이 장난감 군대 덕분이었다. 병정 천오백 개를 모았고, 그 부대로 아버지 앞에서 열병식을 진행한 것이다. 장난감 병정들은 영국군 1개 보병 사단과 1개 기병여단으로 구성되었다. 전군은 정공법의 태세로 배열되었다. 아버지는 날카로운 눈과 흐뭇한 미소로 사열을 해주었다.

장난감 군대 열병식을 마친 후 아버지 앞에서 처칠은 처음으로 확신에 찬 목소리로 말했다. 군대를 지휘하는 것은 참으로 멋진 일이라고. 아버지는 처칠이 법률가가 될 만큼 똑똑하지 못하다는 생각에 다른 선택을 허락했던 것이지만, 처칠의 생각은 처칠에게 옳은 길이었다.

"어찌 되었건 장난감 병정은 내 인생을 바꿔 놓았다."라고 처칠은 말했다.

포기하지 마라. 절대로 포기하지 마라. 절대로. 절대로.
_ 윈스턴 처칠 ; 영국 정치가, 작가

'나는 일반적인 분수나 십진법의 세계를 뛰어넘어 나아갔다. '엘리스의 이상한 나라'로 들어갔지만, 그 입구에 '이차

방정식'이 버티고 있었고, 그놈은 까다로운 지수이론의 길을 가리켰다. 그리고 지수이론은 침입자를 단호하게 이항정리에 엄격하게 넘겨버렸다. 어두컴컴한 미궁 속에는 '미분'이라 불리는 용이 지옥 불길을 내뿜고 있었다. 고개를 돌리자 사인, 코사인 그리고 탄젠트라 불리는 기묘한 통로가 보였는데……'

수학에 관한 처칠의 묘사는 웃음을 터트리게 했다. 이 양반이 노벨문학상을 받은 작가라는 점을 잠시 잊고 있었다. 이렇게 수학 공부의 답답함을 묘사하는 기술이 대단했다. 위대한 처칠은 나만큼이나 불안했고, 위대한 처칠은 나처럼 수학을 싫어했다. 나는 이 위대하고 불안한 친구와 함께 단야의 민박집 작은 방에서 세계대전의 엄청난 역사 속으로 빠져들었다.

수학 때문에 우울감에 빠지기도 했던 처칠은 수학 대신 나비를 사랑했다.

'나는 늘 나비를 사랑했다. 우간다에는 보는 각도에 따라

어두운 갈색에서 반짝이는 파란색으로 날개의 색이 바뀌는 화려한 나비가 있다. 브라질에도 더 크고 선명할 뿐 아니라 색이 극과 극으로 변하는 나비가 있다. 그 나비는 펄럭거리다가 햇빛 속에 완전히 날개를 펼치고 극단적으로 색이 변한 채 머물다가 사라져 버린다. 우리는 자유의지를 믿든 운명을 믿든 간에 모두 나비의 날개 색깔을 흘끗 본 것뿐이다.'

  윈스턴 처칠은 평생에 걸쳐 인상적인 강의 몇 개를 기억하는 데 그중 제일 먼저 꼽는 강의는 나비에 대한 내용이었다고 회고했다.
  '나비가 어떻게 색으로 자신을 보호하는지에 대한 강연이 흥미로웠다. 아주 고약한 맛을 내는 어떤 나비는 새가 자신을 잡아먹지 못하도록 경고하기 위해 화려한 색깔을 가졌다고 한다. 맛이 좋은 나비는 나뭇잎처럼 보이도록 보호색으로 자신을 위장한다. 하지만 이렇게 되기까지 수백만 년이 걸렸고, 뒤처진 개체들은 먹히거나 죽어서 멸종되었다. 그 때문에 오늘날까지 살아남은 나비들은 그러한 색깔과 문양을 갖게 되었다.'

육군사관학교를 거쳐 쿠바, 인도 등에서 복무하고, 종군기자로 활약하는 등 다양한 경력을 쌓은 처칠은 정계에 입문하게 된다. 보수당 소속이면서도 자유무역을 주장하여 '배신자' 소리까지 듣게 된 처칠은 기존의 일반적인 틀에서 상당히 벗어난 삶을 살아가게 된다. 해군 장관이 되었고 재무 장관이 되기도 했다. 세계대전이 시작되자 히틀러가 이끄는 독일군으로부터 영국을 구해 낼 사명을 안고 총리직에 오르게 된다. 열등생이고 라틴어를 못해 영어 밖에는 공부할 재능이 없었던 그는 마침내 그 영어 실력을 토대로 명연설들을 줄줄 쏟아내기 시작했다. 영어 지문을 분석하는 방법에 대해 꼼꼼하게 배웠고, 평범한 영어 문장의 기본적인 구조도 뼛속 깊이 깨달았던 어린 날의 처칠. 매일매일 불안감 속에 영어 공부에 매달렸던 소년 처칠이 불안에 빠진 영국 국민을 일어서게 하고 감동의 눈물을 흘리게 한 명연설을 어른의 모습으로 쏟아낸 것이다.

"나는 여러분께 피, 수고, 눈물, 그리고 땀밖에는 달리 드릴 것이 없습니다. 우리는 가장 심각한 시련을 앞두고 있습니다.

우리는 길고 긴 투쟁과 고통의 세월을 앞두고 있습니다. (중략)

우리의 목표는 무엇인가? 나는 한마디로 답할 수 있습니다. 그것은 승리입니다. 어떤 대가를 치르더라도 승리, 거기에 이르는 길이 아무리 길고 험해도 승리, 승리 없이는 생존도 없으므로 오직 승리뿐입니다……."

그의 명연설은 모두가 패배를 생각할 때 영국에 다시 희망을 불어넣어 연합군이 2차 세계대전을 승리로 이끌게 되는 계기를 만들었다.

처칠의 명연설은 전혀 화려하지 않았고, 자신의 여린 면을 감추지도 않았다. 국민이 처칠 총리가 자기 옆에서 함께 하고 있다고 느끼게 했다.

"만약 내가 죽는다면 독일군은 내 시체를 집무실 의자에서 끌어 내려야 할 것이다."라고 했던 말처럼 처칠은 히틀러 군대의 공습이 몰려오는 상황에서도 끝까지 피난하지 않고 런던 집무실에 머물며 국민에게 신뢰를 주었다.

그날 밤, 조직도 부대도 관직도 이름도 없는 한 낚시꾼은 강가의 민박집 방 한쪽에서 처칠이 되고 싶었던 건지도 모른다. 갑자기 아버지 생각이 났다. 아버지와 아들, 군대는 딱 두 명이었지만 남해를 향해 일전(一戰)을 선포하던 그 당당한 모습이 생각났다. 그날 밤, 처음 울었다. 아버지를 잃고도 믿을 수 없어서 울음소리도 내지 않고 갯바위 그 자리에서 바다만 바라보던 소년은 어른이 되어 소리 내어 울었다.

어떻게 물방울이 자신이 강물이 된다는 것을 알 수 있겠나. 그저 흘러갈 뿐이다.
_ 앙투안 드 생텍쥐베리 : 프랑스 소설가

자리를 잡고 앉았다. 낚시터에는 의자가 잘 비치되어 있었다. 일반 낚시 의자보다 조금 더 크고 등받이는 딱 맞아서 편안했다. 다행이다. 오래 앉아 있어도 편하겠다.

이름이 좀 알려진 낚시터 근처에는 무슨 무슨 가든 같은 이름의 식당이 여러 개 있고, 낚시 장비를 파는 가게들과 캠핑장, 민박집들이 즐비하기 마련인데 이곳에는 아무것도 없었다. 몇 명 정도가 자리 잡고 낚싯대를 설치할 자리 뿐이었다. 낚시터 가장자리 쪽에 여럿이 둘러앉을 수 있는 지붕 있는 정자 같은 것이 있었고, 오가는 사람도 없었다. 정적이 흘렀고 물안개는 강에서 올라오는 건지 하늘에서 내려오는 건지 자욱했고 강물을 따라 흐르고 있었다.

낚시꾼은 낚시 의자에 앉아서도 낚싯대 가방을 열지 않았다. 우두커니 앉아 있었다. 간밤에는 깊이 잠들었었다. 오래 울고 오래 깊이 잠들었다. 어른이 되고 나서는 아버지 꿈을 한 번도 꾼 적이 없었는데 어젯밤에는 아버지가 와서 내 어릴 때 그러셨던 것처럼 머리칼을 쓸어 넘겨주셨다. 곱슬한 기운이 전혀 없는 직모인 내 머리카락은 짧게 자르고 가르마를 만들어도 자꾸만 귀찮게 이마를 덮었다. 아버지는 나를 볼 때마다 맨 먼저 내 머리카락을 쓸어 넘겨주셨는데 머리카락이 거슬려서가 아니었을 것 같다. 그렇게 다정히 내 이마를 만져주고 싶으셨을 것이다.

어촌에서 아버지 어부들은 아무도 아들에게 그런 행동을

하지 않았다. 생활은 고단했고, 일상은 지쳐있었다. 집집마다 야단치는 소리가 낮은 담장을 넘었고, 아이들은 아버지를 별로 기다리지 않았다. 내 아버지만 그랬다. 맑은 국물의 어탕을 끓여 내고, 내가 숟가락으로 국물을 떠 올릴 때마다 하얀 고기 살점을 올려주셨다. 얼른얼른 먹고 얼른얼른 크라고 하셨다. 아버지는 이른 작별을 예감하셨는지 나를 얼른얼른 키워 놓고 싶어 하셨다.

강물도 나도 말이 없었다. 생각만 있었다. 강물은 생각할지도 모르겠다. 저기 물고기에도 잿밥에도 관심이 없는 저 낚시꾼은 무슨 생각을 하는지. 우리의 고요를 깨는 손님이 오셨다.

"잠은 잘 잤는가?"
"네. 잘 잤습니다."
"그 집 밥이 맛있을 텐데. 주인 아지매 솜씨가 좋아. 나물도 얼마나 잘 무치는지. 한 번씩 얻어먹어 보면 나물이 꿀맛이라니까."

"네. 그렇더군요. 아침도 잘 먹었습니다."

나를 이곳으로 이끌었던 그 할아버지다. 잠깐의 시간 동안 나는 이 마을의 역사에 대해 이 마을 토박이만큼이나 잘 알게 되었다. 할아버지는 말하는 재주를 타고난 듯 지겹지 않게 긴 시간의 동네사를 짧은 시간으로 요약했다.

"그런데, 마을에 우환이 있었어. 보름 전에 말이야. 물난리가 났다고 했잖아. 하필이면 저쪽 이층집 그쪽으로 둑방이 무너진 거야. 거기 곱게 늙으신 할머니가 사셨지. 할아버지 돌아가시고 서울 사는 자식들이 모셔가려고 애를 쓰고 졸라도, 할머니는 할아버지 기억 때문에 여기를 못 떠났지. 그냥 혼자 사셨지. 할아버지가 집 뒤로 작은 텃밭을 가꾸셨는데, 그 할머니는 손에 흙 한번 묻혀본 적이 없을 정도였지. 그런데 할아버지가 안 계시니 거기 농사를 할머니가 짓더라고. 밭이 조그마해. 얼마 안 되지만, 가지도 키우고 호박도 키우고⋯⋯. 할아버지 대신에 할머니가 가꾸셨지. 혼자 얼마 드시나. 동네 사람들 나눠주실 때면 이쪽으로 건너오셨지, 다른 땐 집 밖을 나서지도 않았지. 곱고 고운 양반이었는데⋯⋯. 물난리에 집이 저렇게 되고 할아버지를 따라가게 되신 거지. 그나저나 저 집을 어찌하려나. 자식들은 장례 치르고 서울로 올라갔는데, 경황이 없었지 뭐. 저 집을 어찌할지까지 의논할 정신이 어디 있었겠어. 자식들도 참 순하고 곱더라고. 어머니 혼자 여기 사시게 해서 이렇게 되었다는 자책으로 털썩 주저앉아 우는데……. 마음이 몹시 아프더라고."

할아버지의 넋두리 같은 사연 옮기기에 나는 그다지 관심을 두지 않았다. 안타까운 일이라는 의례적인 말로 거들 뿐이었다. 인생은 강물처럼 흐르는 것이다. 어디가 시작인지 어디가 끝인지 알 수 없는. 나는 그런 생각만 하고 있었다.

같은 강물에 발을 두 번 담글 수 없다. 두 번째는 이미 그 물이 흘러갔기 때문이다.
_ 헤라클리투스 ; 그리스 철학자

낚시가방이며 장비를 그대로 두고 나는 좀 걷기로 했다. 강을 따라 걷고, 물안개를 따라 걷고, 아무 생각을 하지 않으며 걷기로 했다. 가다 보니 줄 서서 있는 나무들이 보였다. 그

나무 뒤로 어제 멀리서 잠깐 본 그 이층집이 있었다. 할아버지가 말씀한 그 집이다.

그 집 입구의 조경수들이 눈에 들어왔다. 몇 그루는 뭉텅 뿌리가 보이게 넘어져 있었는데, 어제는 몰라보았던 이팝나무들이다. 그녀가 조경수 특집을 맡았을 때 줄기며 잎이며 온갖 특성을 어찌나 잘 묘사를 했던지 친근감마저 도는 이팝나무. 이팝나무의 이름에 대한 유래가 흥미로웠다. 이팝나무는 멀리서 보면 밥풀 같은 하얀 꽃이 핀다. 꽃이 흐드러지게 많이 피면 벼농사가 잘 되어 쌀밥을 많이 먹게 된다고 해서 이밥, 즉 쌀밥을 의미하는 이밥을 발음하다 보니 '이팝'이 된 것이다. 잎은 서로 마주보며 자라고, 벼농사 못자리를 시작할 때 꽃이 환하게 활짝 피면 그해는 풍년이 될 것이라고 농부들이 좋아한단다.

그녀는 조경수 특집 기사에 쓴 여러 나무들 중에 유독 이팝나무에 대해 더 공을 들였었다.

'모두의 마음에 풍년이 들어 행복한 시간이 되길 바란다.'

그런 문장으로 그녀는 기사를 마무리했었다. 이 나무들이 시골 마을에서 줄을 지어 누군가를 안내하고 있다니, 신기한 생각이 들었다. 마당은 홍수 피해가 없었다면, 단출하고 어여뻤을 것이다.

아, 그런데 집 가장 가까운 나무의 위쪽에 뭐가 걸린 게 보였다. 나무의 높은 줄기 쪽에 줄기 사이 작은 주머니가 보였다. 바닥에 흩어진 기다란 나뭇가지를 하나 주어 그 주머니를 끄집어내었다. 주머니는 정성스레 뜨개질로 이어 만든 것이었다. 살짝 열어보니 스카치캔디가 가득 들어 있었다. 누가 잃어버리고 갔다면 저렇게 높은 자리에 걸려있을 리 없을 텐데. 홍수에 밀려온 것인가. 사탕은 물에 젖은 흔적도 없었다. 한 알 까서 먹어도 될지 말지 잠깐 고민했다.

손을 쑥 사탕 주머니 속으로 집어넣는 데 뭔가 납작한 게 잡혔다. 꺼내 보니 수첩이었다. 몰스킨의 미니 수첩. 물에 흠뻑 젖었던 것이 분명했다. 그래도 뭉개지지는 않았다. 누군가 한 장 한 장 펼쳐가며 말린 게 틀림없었다. 글씨는 대부분 흐

　　　　　　　　2장. 바다 소년 이야기

려져서 알아보기 쉽지 않았지만, 단어들이 빼꼼 빼꼼 글의 줄기를 설명하고 있었다. 여자의 글씨가 틀림없다. 아주 작지만 촘촘한 글씨. 누군가의 아이디어 노트다. 틈틈이 생각날 때마다 적은 글귀들. 이 수첩의 주인공은 스카치캔디를 무척 좋아했나 보다.

이것을 여기 두고 가야 하나 들고 가야 하나 망설였다. '어차피 이곳엔 아무도 없고, 어제 그 할아버지를 만나면 드리자. 혹시 수첩 주인이 찾아오면 전해 드리라고.'

수첩을 주머니에 넣기 전에 한 장씩 넘겨서 습기를 빼는 게 좋을 것 같았다. 조금 눅눅한 기운이 남아 있었으니까. 휘리릭 페이지를 넘기다가 마지막 페이지에서 나는 심장이 멎는 것 같았다.

글씨들이 끝나는 페이지의 마지막에 '김대혁', 내 이름이었다. 이것은 내 수첩이 아닌데, 내 이름이 적혀 있었다.
'동명이인의 것이구나.'
나는 잠깐 놀란 마음을 이내 평상심으로 돌렸다가 더 크게 놀랐다.

'그와 단둘이서 처음이자 마지막 밥을 먹었다. 나는 하얀 매운탕이 맛있는 줄 처음 알았다고 말하고 싶었다.'라고 적혀 있었다.

사람들은 모두 세상이 모르는 자기만의 내밀한 슬픔을 갖고 있다.
_ 헨리 롱펠로 ; 미국 시인

강가에 우두커니 앉아 있다가 낚싯대를 드리웠다. 물고기는 잡히지 않았다. 한 마리도. 당연하지. 미끼를 매달지 않은 낚싯바늘을 어느 정신 나간 물고기가 물 것인가. 나는 어쩌면 주욱 미끼 없는 낚싯대를 허공에 드리우고 살아왔는지도 모른다. 언젠가 물고기가 잡힐 거라는 망상 속에서. 이해하지도 못하는 라틴어 문법으로 세상을 향해 혼잣말하며 살았는지도 모른다.

그녀의 작고 얇은 수첩을 한 장 한 장 펴서 바람에 말렸다. 이미 흐려져서 알아볼 수 없는 글씨들도 바람에 말려지고 있었다. 그녀가 커피믹스로 만들어 준 편의점 얼음컵의 달달한 아이스커피가 마시고 싶어졌다. 어떤 브랜드 카페 커피보다 고소하고 풍미가 넘쳤던 그맛. 그녀는 지금쯤 어디에 있을까. 수첩은 어떻게 전해주어야 할까. 마지막 페이지에 적힌 내 이름은 못 본 걸로 해야겠지. 이거 주웠다고, 주인에게 돌려주는 거라고, 의례적인 인사말과 함께 주면 될까.

아니면, '나는 너를 오 년 동안이나 지켜보고 있었다.'라고 말해도 될까. 네가 어떨 때 웃는지, 어떨 때 외로워 보이는지, 청계천 길을 따라 걷는 너의 모습을 오래오래 지켜보고, 그 뒤를 나도 따라 걸었었다고 말해도 될까. 나는 소년과 어른, 그 사이쯤에서 그녀를 생각하고 있었다.

"며칠 더 묵으려고 했는데, 일이 생겨서요. 오늘 올라가 봐야겠습니다."

"아이고, 아쉽네. 사나흘 계신다길래 좀 전에 호박도 통통한 놈으로 따왔지. 호박전이 기가 막힐 텐데. 그럼 밥은 먹고 출발해. 어중간한 시간인데 기차간에서 대충 끼니 때우지 말고."

아주머니는 급하게 호박을 썰었고, 프라이팬 기름에 자글자글 열이 오르는 소리를 들으며 나는 짐을 꾸렸다.

마을을 나서며 멀리 그 하얀 이층집 가까이로 둘러서 걸어나왔다. 강줄기가 꺾어지는 위치에서 하얀 이층집은 물안개 속에 고즈넉이 서 있었다. 나를 배웅하듯이.

'녹슨 무쇠솥을 닦아드릴 걸 그랬나. 그게 아주머니 혼자 하기엔 보통 일이 아닐 텐데……'

마음이 쓰였다.

배웅은 그 할아버지가 해주셨다. 멀리있는 나를 보시고는 거동이 느리던 분이 빠른 걸음으로 다가오셨다.

"왜? 고기가 안 잡혀? 한창 물이 올랐을 텐데……."

"아닙니다. 서울에 일이 좀 생겨서 계획보다 일찍 올라가게 되었어요. 할아버지한테 인사도 못 드리고 갈 뻔했네요. 좋은 곳 안내해주셔서 감사합니다."

"감사는 무슨……. 식사는 하고 가시나?"

"네. 주인아주머니가 호박전을 해주셔서 맛있게 먹었습니다.”

“아, 그 아지매 인심에 점심도 안 먹이고 손님을 보낼 사람이 아니지. 음음…”

할아버지는 무슨 이야기를 할까 말까, 망설이는 듯 뜸을 들였다.

“아, 그…… 괜찮았지? 다른 건 다 말짱해. 민박 아지매 말이야. 솜씨도 좋고 인심도 좋고 다른 건 다 말짱하지.”

“네?”

“동네일도 자기 일처럼 나서서 하고, 몸도 재발라서 마을회관 청소도 도맡아 해주고 그러지. 마을회관 방바닥이 언제나 매끈매끈해. 어찌나 자주 와서 청소를 해주는지. 그 일 말고는 진짜 말짱해.”

“무슨 말씀이신지…….”

“아들 말이야. 몇 년 전에 그 아들이 군대 가서 제대가 두어 달도 안 남았을 때, 그렇게 사고가 나서……. 참 하늘이 무너지는 일이었지. 아들 사랑이 말도 못 했는데. 오죽하면 저

리됐겠어. 친척들이 큰 병원에 데려가 본다고 이리저리 알아
보다가 말았어. 나도 말렸지. 아지매가 기억이 말짱해지면,
그건 끝이야. 뭐가 남겠어? 그 아지매한테 그 아들 빼면 뭐가
남겠어? 그냥 저러고 사는 게 낫지. 다른 건 다 말짱한데, 어
떻게 딱 그 일만 기억에서 빠졌는지 그것도 참 신기하지만,
그게 차라리 백번 낫지. 낫고말고."

현명해진다는 것은 건너뛰어야 할 것을 아는 것이다.
_ 윌리엄 제임스 : 미국 심리학자

　나는 알 것 같았다. 다른 건 다 말짱한데 어떻게 딱 그 일
만 기억에서 빠졌는지. 빠진 게 아니라 사실은 오려낸 거라는
걸. 길이 잘 든 가위로 정확하게 그 어둡고 낯설고 두려운 부
분만 오려낸 것이라고. 어린 내가 갯바위에 앉아, 울지도 않
고 큰 바다 앞에서 오래오래 앉아 있었던 것과 같은 거라는
걸. 다만 나는 오려내지 못했고, 자라면서 다른 모든 기억이
흐릿해질 때도 오려내지 못한 기억은 바로 어제 일처럼 더 또
렷하게 더 선명하게 함께할 수밖에 없었을 뿐이다.

기차는 기차역에 도착하자마자 바로 올라탈 수 있었다. 자리를 잡고 앉아, 아주머니와 휴가 나온 아들이 같이 깻잎을 따고 씻고, 말리고, 자로 잰 듯 삐죽이 삐져나온 잎이 한 장도 없게 차곡차곡 쌓아나가는 모습을 상상했다. 아들은 키가 크고, 어깨가 넓고, 쌍꺼풀이 크고, 머리숱은 많다. 잘생겼다. 선하게 아주 선하게 잘생겼다. 아주머니의 포근한 웃음과 아들의 호탕한 웃음이 민박집 마당에 울린다.

민박집 아주머니는 고통이라는 천적이 자신을 잡아먹지 못하게 기억을 막아섬으로써 자신을 보호하고 아들을 보호하는 것이다. 길지도 않은 팔을 활짝 젖히고 아들 앞에서 아무도 못 건드리게 막아서고 있는 것이다.

아주머니의 기억 너머 노력이 고운 색깔과 문양을 가지고 아주머니와 아들을 오래오래 지켜주기를 바랐다. 소중한 사람을 곁에 두고 있는 것만큼 소중한 일은 없다. 그게 세상에서 가장 소중한 일이라는 것을 일찍 청년이 된 소년은 누구보다 잘 알고 있었다.

기차역에 들어설 때 얼핏 본 기차역 이름은 한글로 '단야역'. 그 옆에 한자로 壇野라고 적혀 있었다. '단'자는 흙이나 돌을 쌓아 연단 등으로 쓰이게 만든 조금 높은 자리를 말한다. '야'자는 '들 야'자이다. 넓은 들판에 놓인 연단, 누군가 명연설을 해보라고 만들어 둔 자리를 말하는 것인가. 나는 그 이상의 뜻을 헤아리기 어려웠다.

짐칸에 올려놓은 가방에서 휴대폰을 꺼냈다. 무음으로 맞춰놓은 휴대폰에는 알림 숫자가 수백 개였다. 이렇게 나를 찾는 사람이 많을 리가 없는데 확인해보니 블로그의 댓글 알림들이었다. 나는 블로그를 시작한 지 오래되었다. 친구들과 어울리기를 좋아하지도 않고, 동료들과 회사 밖 만남도 없는 터라, 블로그는 세상과 이어진 유일한 통로였기에 한동안 열심히 했었지만, 최근에는 블로그에 들어가 보지도 못했다.

나는 그녀의 전화번호를 찾았다. 번호를 누르지는 못했고 문자도 보내지는 못했다. 수첩은 어떻게든 전해주어야 할 텐데, 수첩과 함께 전할 그 무엇을 아직 정하지 못했기 때문이다.

내려올 때 기차는 그렇게 빠르더니 올라갈 때 기차는 너무 느렸다. 나는 나비가 되어 어디든 빨리 날아가고 싶었다. 가는 길을 방해하는 적을 만나면 아주 고약한 맛을 내서 경고할 것이며, 화려하게 날개의 색깔을 바꿔가며 적을 물리치리라. 그리고 곧장 날아가리라. 아무 생각을 하지 않기로 한 것을 거두어들인다. 열심히 생각하리라. 그 생각에 집중하리라. 기차야, 달려라, 휘이 휘이 빨리 달려라. 나는 몸에 착 붙는 승마복을 빼입고 채찍을 휘둘렀다. 어린 처칠이 그 어머니를 바라보던 눈으로 눈부시게 나를 배웅해주었다.

가는 방법은 알겠다. 아직 목적지를 모르겠으나 가는 방법은 알겠다. 어디를 가든 어떻게 가야 하는지는 알 것 같았다.

3장. 어머니의 노래를 듣다

슬픔의 첫 번째 압력이 우리 마음에서 가장 좋은 포도주를 짜낸다.
_ 헨리 롱펠로 ; 미국 시인

떡 가게 아주머니가 나에게 전화한 것은 처음이지 싶다. 엄마 가게의 옆자리인 떡 가게의 주인 아주머니와 어머니는 십수 년을 나란히 장사했고, 나도 어릴 적부터 아주머니를 자주 보고 자랐지만, 아주머니가 나한테 전화한 것은 처음이었다.

"지금 바로 가능한 한 빨리 내려오는 게 좋겠다. 엄마가 많이 안 좋으시다."

지금, 바로, 가능한 한 빨리. 그렇게 시간을 재촉하는 단어들을 나열할 때는 그만큼 큰일일 텐데. 나는 마음이 다급해졌다.

대문을 열었을 때, 마당에 들어섰을 때 나는 알았다. '지금', '바로', '가능한 한 빨리'의 의미를. 서너 평 정도 되는 마당에 윤이 반짝반짝 났다. 화단에는 물기가 촉촉했고, 마당의 흙먼지를 빗자루로 깨끗이 쓸어낸 흔적. 엄마가 몸이 많이 안 좋다는 뜻이다, 이것은.

어릴 적 늘 그랬다.

"엄마는 참 이상해. 몸이 아프면 누워있지. 왜 그리 집안일을 찾아가며 하는 거야?"

아무리 내가 닦달을 해도 몸이 아프다는 신호가 오면 엄마는 더 일했다. 그릇장 맨 위 칸의 작은 접시부터 아래 칸의 오래된 냄비까지 다 꺼내어 닦았다. 철 지난 옷들을 꺼내어 말려서 다시 개켜 넣고, 이불 빨래까지 해서 널었다. 어릴 때는 이해할 수가 없었다. 아픈 몸을 왜 혹사시키는지.

현관문은 열려있었고, 엄마는 주방에서 무언가 일을 만들고 있었다. 가게로 가지 않고 집으로 바로 온 게 잘한 일이었다. 장사를 할 만한 몸 상태는 도저히 아니었을 것이다. 그렇다고 집에 누워있을 사람이 아니었다. 그저 켜켜이 묵은 일들을 꺼내서 자신의 아픈 몸을 켜켜이 더 괴롭히는 것, 그것이 자신을 지켜주는 이가 없는 엄마가 아플 때 이겨내는 유일한 방법임을 어른이 된 나는 이제 안다.

엄마가 한 달 전에 큰 수술을 받았다는 것을 엄마는 거의 회복이 다 되어 가는 지금에야 이야기했다. 만약에 어떤 일이 생길까 봐 하나 있는 딸에게 연락하는 것이 마땅했지만, 하나밖에 없는 딸이라 더 연락할 수 없었을 것이다. 일곱 시간의 큰 수술을 마치고 꼼짝없이 오래 누워있다가 겨우 장사도 다시 시작했는데, 어설픈 회복은 다시 큰 몸살을 불러온 것이었다.

내가 오면 먹이려고 그 아픈 몸으로 엄마는 토종닭을 고았다. 기다리던 딸은 오지 않았고 토종닭을 커다란 통에 담고 죽은 소분해서 냉동실에 칸칸이 채웠다. 그 낫지 않은 몸으로. 고기에서 살을 발라내고 죽은 다시 끓여서, 엄마는 병을 잠재우고 나는 여름을 다 버텨낼 기운을 채우기로 했다.

엄마와 나는 며칠을 같이 앓고 같이 회복했다. 시간이 몇 시가 되었던 자다가 깨면 낮으로 삼고. 다시 잠들면 밤으로 치고 그렇게 몇 날을 보냈다. 자다가 깨보면 엄마가 나의 기척에 얼른 잠든 척하는 것을 느꼈다. 내가 더 자라고 푹 자라고 자는 척하는 것이다.

대낮에 이부자리 깔고 천정을 물끄러미 보며 이야기를 나누고 웃다가 잠들고, 깨어나면 죽을 먹고 다시 자고 그렇게 우리는 점점 기운을 차리고 있었다. 엄마도 나도 그런 시간은 처음이다. 게으른 날들도 열심인 날만큼 의미 있음을 알게 되었다. 그것이 치유의 시간이라면 말이다.

그렇게 엄마도 나았고, 나도 나았다. 스카치캔디 할머니 생각을 했다. 어떻게 되셨을까. 전화번호라도 받아뒀을 걸. 걱정되었다. 다시 꼭 찾아뵈리라. 떡 가게 아주머니 전화에 황급히 마을을 나서느라 할머니 안부를 챙기지 못했다. 집이 그렇게 파손될 정도고 마을 사람들이 온통 그 집에 몰려갔을 정도면 혹시 잘 못 되신 건 아닌지. 내내 마음에 걸렸다.

"딸이 오니 며칠 새 얼굴이 훤해지셨네. 진짜 무슨 일 생기나 싶었어. 말도 제대로 못 할 정도로 갑자기 기운이 빠지셔서. 네 엄마, 꼭 요맘때 아프시잖아. 작년에도 그랬고 그 전 해도 그랬고. 장마 끝날 때쯤 말이야. 그런데, 이번에는 다르잖아. 그 큰 수술을 받으시고 난 뒤라 나는 너무 조마조마하더라고. 그날은 오죽했으면 나한테 전화해서 병원에 데리고 가 달라고 했을까. 아무리 아파도 다 아프고 나서, 다 낫고 나서야 아팠었다고 말하는 사람인데. 절대 나 지금 아프다고 말하지는 않던 분이지. 내가 많이 놀라서 엄마가 말리시는 걸 참다 참다 전화한 거야."

"잘하셨어요. 내려오려던 참이었어요."

"언니, 괜찮죠? 그럼 며칠 집에 계셨으니 답답도 하실 텐데 저녁엔 우리 가게로 오실라우. 오늘 떡이 일찍 다 빠졌어. 저녁상 내가 차려 놓을게. 오랜만에 우리 셋이 밥 한번 먹읍시다."

아주머니가 차려주신 밥을 가끔 먹은 기억이 있다. 아주머니는 내가 좋아하는 바싹하게 졸인 불고기를 간이 딱 맞게 구워내시는 재주가 있다. 입이 짧아 늘 엄마를 애달프게 했던 어린 나는 아주머니가 차려주신 밥과 반찬을 깨끗하게 비워냈었다.

오랜만이다. 떡 가게 안쪽에 달린 작은 방은 여전했다. 창문 너머가 시장길이다. 여기저기 흥정하는 소리, 손님을 잡아끄는 소리, 때로는 고함치고 싸우는 소리……. 어릴 땐 이 소리가 시끄럽기만 했는데, 이제 정겹고 좋다. 밥상 옆에 전에는 없던 작은 상이 하나 더 놓여있었다. 법주 한 병과 술잔 세 개. 이런 적은 처음이었다.

"언니는 입에 살짝 갖다 대기만 해요. 아픈 끝에 술은 무리지. 나는 한잔하렵니다. 우리 이쁜 딸래미도 한잔하고."

"나도 딱 한잔만 할게. 그 정도는 괜찮아."

어쩐 일로 엄마가 술잔을 먼저 끌어당긴다. 엄마는 술을 못 마시는 사람이다.

"얘는 아직 모르네. 한참 모르네. 네 엄마가 얼마나 술을 잘

드시는데.”

“에이, 말도 안 돼요. 엄마가 술 마시는 거 본 적이 한 번도 없는데.”

“네가 본 적이 없는 거지. 엄마가 술 마신 적이 없는 게 아니지.”

“네?”

엄마는 술이 쓴지 입에 살짝 대더니 그냥 잔을 내려놓았다. 아직도 기운이 완전하지는 않았다.

“내가 딸 하나 키우면서 그 딸 앞에서 어떻게 술을 마시겠냐. 어린 네가 잠들면 부엌에 혼자 쪼그리고 잠이 안 와서 한잔, 무서워서 한잔, 힘내자고 한잔. 그렇게 세 잔쯤 마시고 잤지.”

나는 갑자기 눈물이 고였다. 그렇게 석 잔을 마시는 동안 나는 아무것도 몰랐구나. 그렇게 오랜 세월 잠이 안 와서, 무서워서, 힘내려고 마시는 동안 나는 내 생각만 하고 느리게 느리게 자랐구나.

아주머니는 벌써 여러 잔을 비우셨다.

"원래 법주가 우리 경주의 명물이야. 너도 알잖아. 옛날 경주 최부자네 하면 전국에서 다 알지. 그 집에서 내려온 전통 술이지. 최부자네 시어머니가 며느리들에게 이 술 만드는 법을 가르쳤대. 보리를 볶아서 만든 거란다. 법주는 물맛이 깔끔하다고 하는데, 나는 그건 잘 모르겠고. 암튼 내가 이 술을, 네 엄마도 이 술을 좋아해. 네 엄마랑 나랑 서로 옆 가게에서 장사하면서도 말을 안 텄었지. 꽤 오랫동안 인사만 주고받는 사이로만. 어느 날 장보다 둘 다 법주를 사서 나가는 데 마주친 거야. 그래서 그 술 한번 같이 합시다. 그렇게 된 거지. 언니 그죠? 우리 인연이 그렇게 시작됐지요?"

엄마는 말없이 *끄덕끄덕*하셨다. 아주머니는 얼굴이 발그레해지셔서, 고와 보였다. 화장기도 없이 늘 쌀을 빻고 반죽을 치대고 시루에 찌느라고 세월을 다 보내셨다. 말이 없는 아저씨와 열심히 열심히 사셨다.

"내가 넓은 아파트에 입주했지만, 나는 이 쪽방 같은 방이 더 좋아. 여기서 우리 세 식구가 십 년 넘게 살았잖아. 빨리 돈 모아서 애가 크기 전에 큰 집으로 들어가야지. 하는 마음에 한푼 한푼 열심히 모으는데, 애가 더 빨리 자라는 거야. 여름에 이 방에서 셋이서 자려면 얼마나 답답하던지. 애는 훌쩍훌쩍 크고 돈은 빨리 안 모이고 어찌나 마음이 급해지던지. 그런 날은 쌀을 더 많이 불렸지. 떡을 더 많이 해서 더 많이 팔려고. 하하하."

아주머니가 저렇게 크게 웃으시는 건 술기운 때문이셨을까.

엄마도 아주머니도 외로웠구나. 늦은 밤까지 술은 마시고 이야기는 쏟아내고 싶었구나. 아주머니는 떡만 팔고, 내 어머니는 내 어머니 자리에 있으면 되는 줄 알았다. 그런 줄만 알았다.

내 온몸은 기쁨이며 노래이며 검이며 불꽃이다.
_ 하인리히 하이네 : 독일 시인

3장. 어머니의 노래를 듣다

"유 세이 암 크레이지 ~ 코쥬돈떵아이노우 왓유브던 ~"
이게 무슨 일인가. 아주머니가 노랫가락을 시작하셨다.
"언니, 나 노래 한 곡 뽑아도 되죠?"
아주머니는 노래부터 먼저 시작하고 허락은 뒤에 받았다.
"유 세이 암 크레이지 코쥬돈떵아이노우 왓유브던 ~"
그것도 팝송을 말이다.

You say I`m crazy

너는 내가 미쳤다고 말하지.

Cause you don`t think I know what you`ve done

네가 나한테 뭐라고 했는지도 모르니까

But when you call me baby

그런데 네가 나를 자기라고 부를 때

I know I`m not the only one

내가 유일한 사람이 아니라는 걸 알아

아주머니의 노래는 자꾸 웃음이 나게 했다.
'정말 노래 잘하신다.'라고 장단 맞추어 드리고 싶었는데 자꾸 웃음만 났다. 틀린 음정도 어색한 발음도 재미있었고, 도저히 웃지 않고는 배길 수 없었다.

"야, 그러지 마라. 내가 이 노래 진짜 좋아한단 말이야. 내가 네 엄마처럼 노래를 잘하지는 못하지만, 그래도 내가 좋아하는 노래 부르는데 네가 그렇게 웃어버리면 나 속상하단 말이야."

아주머니는 장난스레 눈을 흘기기까지 하셨다. 그런데, 나는 웃다가 놀랐다.

"노래를 잘하신다고요? 우리 엄마가? 하하하"

나는 엄마가 술을 마신다는 것도 처음 알았지만, 우리 엄마가 가수 이은하인 줄도 처음 알았다. 아니 이은하 노래를 이은하보다 더 잘 불렀다.

"빰빠빰빠바 바바바바바바⋯⋯"
엄마는 전주부터 폼 나게 하며 그렇게 노래를 시작했다.

그대 왜 나를 떠나가게 했나요.

이렇게 다시 후회할 줄 알았다면.

아픈 시련 속에 방황하지 않았을 텐데.

사랑은 이제 내게 남아 있지 않아요.

아무런 느낌 가질 수 없어요.

미소를 띄우며 나를 보낸 그 모습처럼.

약간의 비음을 섞어 여운을 길게 남기는 노래. 저 사람이 내 엄마가 맞나 싶었다. 엄마는 가수처럼 불렀다. 노래를 부르다가 일어나 약간의 몸동작으로 리듬을 타며, 혼이 나간 채 감상하게 했다. 마이크만 들었으면 여기가 무대였다.

아주머니도 따라 일어나셨다. 슬픈 노래는 더 슬프지 않았고, 춤곡으로 바뀌었다. 아주머니가 오른손을 위로 뻗더니 엄마의 손을 붙잡고 한 바퀴 돌았다. 엄마는 스텝을 밟기 시작했고, 이제 그녀들의 시대 최고 여가수들이 줄줄이 그 좁은 방에 몰려들었다. 나미는 '빙글빙글'을 부르고, 어느 여린 목소리의 여가수는 '흩어진 나날들'을 불렀다. 엄마는 그렇게 오색찬란하게 목소리를 바꿔가며 한 곡 한 곡 박자 하나 가사 하나 틀리지 않고 꼬박꼬박 불렀다.

나도 일어섰다. 나도 춤을 추었다. 수학여행을 가서도, 대학 행사에도, 다들 노래하고 춤출 때도 구석 자리에서 박수만 지겹게 늘 같은 박자로 치던 내가. 흥이 났다. 나도 모르겠다. 허리도 머리도 흔들었다. 팔도 휘저었다. 웃음이 자지러지게 나는 데 눈물이 자꾸 흘렀다. 엄마는 이렇게 자기 자신을 오색찬란하게 지켜 오신 것이다. 아무도 모르게.

사랑은 두 사람이 서로 마주 보는 데 있지 않고 함께 같은 방향을 바라보는 데 있다.
_ 앙투안 드 생텍쥐베리 : 프랑스 소설가

그렇게 몸 보신 마음 보신을 하고 서울로 올라온 나는 조금 다른 사람이 된 것 같았다.

창문을 활짝 열었다. 열 수 있는 만큼 다 열었다. 방범창 위로 좁은 빗물막이 가림막이 있어서 생각보다 안이 잘 들여다보이지 않을 것 같았다. 골목 가장 안쪽 집이라서 윗집에서 내려오는 사람이 아니고는 행인도 거의 없는데, 그동안 환기 한번 제대로 시키지 못하고 나 혼자 숨어 지냈다. 소심하게.

고양이의 이름을 붙여주기로 했다.
'엘리자베스? 아니야 너무 고급스러운 이름은 안 어울려.'
'미미? 암놈인지 수놈인지도 모르는데…… 아무리 중성화 수술을 했대도 성별은 있을 거잖아.'
'그냥 암놈이라 치지 뭐. 캔디라고 하자. 캔디는 외로워도 슬퍼도 안우니까.'

캔디가 먹을 우유를 납작한 통에 부어 창가에 두었다. 매일 밤 내 방 창문 앞에 앉아 내 잠 못 드는 밤을 거들었던 놈. 어쩌면 잠 못 드는 밤에 나를 지켜주고 싶었던 건지도 모르겠다.
"이제 너도 배불리 먹고, 푹 자라."

그리고 나보다 먼저 내 집에 와 있던 소포 상자를 뜯었다. 거기엔 놀랍게도 스카치캔디 할머니의 주머니가 들어 있었다. 주머니 속에는 스카치캔디들이 각각의 색깔을 뽐내며 가득 들어 있었고, 더 놀랍게도 내가 강에 던진 작은 아이디어 수첩이 반짝이는 사탕들 사이에 있었다.

나는 수첩을 한 장 한 장 펴보았다. 나의 지난 시간이 강물에 젖어 있었다. 누군가 한 장 한 장 펼쳐 말린 것이다. 그냥 강물에 떠내려 보내지 말라고. 나의 기회를, 나의 꿈을 떠내려 보내지 말라고 말하고 있었다. 고향에서 올라오는 상행선에는 단야역이 없었다. 잠시 들러서 할머니의 안부를 물어보고 싶었지만, 매표소에서 아무리 살펴봐도 단야역행의 표는 구할 수 없었다.

수첩을 덮고 은행 계좌를 열었다. 십 년 부은 적금을 깨는 데는 일분도 걸리지 않았다. 대학에 입학할 때 엄마가 주신 비상금, 외삼촌이 주신 용돈, 그 알뜰한 떡 가게 아주머니가 객지에서 배곯지 말라며 그 당시엔 꽤 컸던 금액을 두꺼운 봉투로 주셨다. 대학 입학 첫 달부터 적금은 무슨 일이 있어도 제날짜에 이체되게 했다. 적은 금액이지만 오늘날 서른 먹은 실업자가 될 줄 예측이라도 한 듯 이자는 차곡차곡 쌓여있었다. 일 년쯤은 놀아도 된다. 일 년쯤은 하고 싶은 이야기를 해도 된다.

기회가 날 찾지 않으니 내가 기회를 찾아 나설 시간을 가져도 될 것이다. 세상이 많이 달라졌다. 제작사가, 잡지사가, 출판사가 줄 기회를 무릎을 끌어안고 밤을 지새우며 꼬박꼬박 기다리지 않겠다.

"연락드릴게요."라거나, "내부적으로 검토해 보겠습니다."라는 의례적인 말에 목을 빼고 달력을 보지 않을 것이다. 내가 기회를 찾아서 내가 연락할 것이다. 기회, 너는 나를 놓치면 다시는 기회를 얻지 못할 것이다.

나는 진짜 내 이야기를 해 보기로 했다. 그리고 나에게 가장 소중한 사람들의 이야기를 해 보기로 했다. 우리 엄마의 노래를, 떡 가게 아주머니의 춤을, 그리고 스카치캔디 할머니의 진짜 영국 이야기를……

더는 아무도 하지 않은 장르를, 천재만이 할 수 있는 독특한 문장의 향연을 끌어내려 허공에 매달리지 않기로 했다. 창문을 반만 열고, 세상과 담을 쌓고, 오직 작품만 생각하며 죽도록 노력하면 될 거라고 희망가를 부를 때, 내 재능은 방바닥에 흩어지고 있었다는 것을 깨달았다.

어떤 작품 속 주인공들보다 엄마나 떡 가게 아주머니가 더 위대할 수 있다는 것을 깨닫는 데 습작 생활 십 년이 걸렸다. 그리고 그동안 관심 두지 않았던 방향으로 난 세상의 문을 조금씩 열기로 했다. 세상과의 소통 방식을 내가 결정하는 그곳, 바로 웹으로 연재하는 소설 쓰기 방식이다. 아무도 지위를 부여하지 않았는데 작품성이라는 황금빛 왕관을 혼자 쓰고, 저 멀리 소작농들의 일을 무심하게 내려다보듯이, 아마추어들의 소일거리로 치며 옆눈으로만 흘깃거렸던 한심한 내 위선을 길이 잘든 가위로 오려 내리라. 깔끔하게 오려 내리라.

중요한 건 글을 쓰는 이의 생각이 아니고, 그 글을 선택한 독자의 생각임을 깨닫게 된 최근의 시간. 술을 안 마시는 엄마는 내가 본 엄마였고, 오랜 세월 밤마다 술을 마셔야 했던 엄마는 진짜 엄마였듯이 말이다. 강만 바라본 걸 후회하시는 스카치캔디 할머니처럼 내 글도 계속 강만 바라보게 해서는 안 된다. 그래서 나는 독자의 생각을 바로바로 알 수 있도록 웹소설을 연재하기로 한 것이다. 더는 어려운 글을 쓰지 않고, 문장 하나 만드는 데 잠 못 드는 몇 날이 이어지던 그 밤을 끊어 내리라. 나는 나의 독자들을 사랑하리라. 그들도 사랑하게 될 것이다. 내 어머니와 떡 가게 아주머니, 그리고 스카치캔디 할머니를…….

당신이 무엇을 잃었든, 그 대신 당신은 어떤 것을 얻었다.
_ 랄프 왈도 에머슨 : 미국 철학자, 시인

"팀장이 사표 내고 나갔어요. 글쎄, 무슨 일이 있었던 건 아닌 거 같은데 그냥 그만두고 싶었나 봐요."

사무실에서 유일하게 메시지를 주고받는 한 여직원이 알려왔다. 그림이 그려졌다. 사표를 내고 조용히 저벅저벅 걸어 나갔을 그 사람의 모습이. 나는 계좌를 다시 열어보았다. 걱정이 없다. 나는 그에게 매운탕을 사줄 수 있다. 많이 많이.

단야역에서 표를 사고 올려다본 출입구에는 한자 이름이 보였다. '團夜' 둥글 단, 밤야. 라고 적혀 있었다. 밤을 끊는다는 뜻이 아니었다. 둥근 밤이라……. 어떤 의미인지 잠깐 생각하고 말았었다. 그런데 나의 밤이 더는 날카롭게 나를 괴롭히지 않았고, 점점 둥그러지고 있었다.

노트북을 열고 단야의 강에 던져버렸던 내 작은 아이디어 수첩을 그 옆에 두었다. 어쩌면 나를 모질게 괴롭힌 건 고통의 밤이 아니라 나 자신이었을 것이다. 이제 그 모진 마음을 다 거두어들이기로 한다. 그리고 나는 썼다. 둥글게 둥글게 썼다. 시작은 스카치캔디 할머니의 사연이었다.

첫 회를 올리고부터 나는 쓰는 시간 보다 읽는 시간이 좋아졌다. 독자들은 내 이야기에 각자의 이야기를 덧붙였다.

"할머니를 너무나 이해합니다. 우리 엄마는 그림을 그리고 싶으셨대요. 다른 친구들이 옷을 사러 다닐 때 엄마는 화구점을 돌아다니셨대요. 유채 물감을 사고, 캔버스를 사고 그러셨대요. 할아버지가 쓰러지셔서 엄마의 꿈도 거기서 끝나셨대요. 맏딸이라서 집안을 살펴야 했으니까요. 엄마는 지금 손주를 키우고 계시지요. 지금이라도 늦지 않았다고 말해주고 싶어졌어요. 며칠 뒤 생신인데 이번 생신 선물은 캔버스랑 물감이랑 붓이랑……. 화실도 알아봐야겠어요. 다시 그림을 배우실 수 있게요."

"퇴근길에 스카치캔디를 몇 봉지나 샀어요. 가슴이 아려요. 지금이라도 할머니의 꿈을 이룰 수는 없는 걸까요?"

"단야가 어디에요? 가고 싶어요. 할머니 만나러……."

"제 자신을 돌아 보게 되었습니다. 저는 아직 사십 대인데 늦지 않았겠지요. 저에겐 아무도 모르는, 제 아내도 모르는 꿈이 있습니다."

"다음 이야기는 언제 올리시나요? 하루에도 여러 번 새 글이 올라왔는지 확인합니다."

독자들의 이야기는 끝이 없었다. 작가인 나보다 독자의 글들이 더 뭉클하기도 했다. 독자들은 저마다 작가가 되어있었다. 놀라웠다. 그들 모두가 스카치캔디 할머니의 손을 이끌고 할머니를 영국에 모시고 가고 싶어 했다. 버지니아 울프를 함께 읽고 싶어 했다.

다음 이야기는 구상할 시간도 필요 없었다. 독자들이 이끄는 대로 나는 따라갈 뿐이었다. 나는 혹시 그도 내 글을 어딘가에서 읽지는 않을까 댓글을 열심히 살폈다. 그에게 보여주고 싶었다. 소심하고 부끄러웠던 내가 아니라 당당한 내 글을 보여주고 싶었다.

거친 바람과 악천후가 없었다면, 하늘에 닿을 듯 큰 나무는 성장할 수 없었다.
_ 프리드리히 니체 ; 독일 철학자

두 번째 이야기는 '내 엄마'였다. 아니, 가수 이은하였고, 가수 나미였다. 세상에 하나뿐인 딸이 잠들면 외로워서, 무서워서, 힘내라고 한 잔씩, 딱 석 잔을 마시고 잠들었던 내 엄마의 이야기로 시작했다. 나는 쓰다가 울었고, 울다가 썼다. 엄마의 그 시절을 살피지 못했던, 철없었던 딸을 미워하며 울었다.

"우리 엄마도 그랬어요. 아파도 눕지 않으셨지요. 도시락 반찬까지 미리 만들어 냉장고에 넣어놓고 쓰러지듯 누우셨지요. 나는 원래 세상 모든 엄마는 다 그런 줄 알았어요. 아파도 다 잘 참고, 참을 만큼만 아픈 줄 알았지요. 반찬 투정까지 했었네요. 내가 엄마가 되고 보니 엄마가 더 아프다는 걸, 어쩔 수 없이 더 힘들다는 걸 알게 되었습니다. 엄마가 너무 보고 싶어요. 이제 볼 수 없는 엄마가 너무 보고 싶어요. 많이 울었습니다. 작가님 고맙습니다. 힘내세요."

"작가님, 어머니를 모시고 스카치캔디 할머니 댁에 가보시면 어때요? 제 이야기가 이상하나요? 왠지 두 분이 만나도 좋을 듯해요. 두 분 다 저에게 너무 소중해졌어요. 다음 이야기를 빨리 올려주세요."

"우리 어머니는 요즘 노래 교실에 다니고 계십니다. 평생 그 어떤 취미도 가져보지 못한 분이시지요. 아버지 사업실패로 힘들었던 시절이 길었는데, 어머니는 당신 생각은 한 번도 하지 않으시고 꿋꿋하게 살림을 꾸리셨지요. 어머니가 노래하는 모습이 한번 보고 싶어졌습니다. 다음 주에 휴가 내고 몰래 노래 교실로 찾아가 보려고요. 거기 계신 어머니 친구분들 모두에게 점심 한번 대접하고 싶네요. 맛있는 밥집을 예약해야겠습니다. 이런 생각을 하게 해주셔서 작가님께 진심으로 감사드립니다."

독자도 울고 나도 또 울었다. 나는 이제 예전의 내 글이 죽어있던 글임을 깨달았다. 이제 내 글이 살아나고 있음을 실감했다. 내 글은 한 글자 한 글자 일어나 독자들의 손을 잡고 강강술래를 하듯 둥글게 둥글게 큰 원을 그리며 춤을 추고 있었다. 둥근 달이 높은 곳에서 내 이야기와 내 독자들을 밝게 비추고 있었다.

4장. 연단에 오르다.

노래하라, 언덕이 화답할 것이다. 탄식하라, 허공에 흩어지리라.
_ 엘라 윌콕스, 미국 시인

그녀에게 소포를 보내기 위해 우체국에 갔다 오는 길에 편의점에 들렀다. 편의점 얼음컵을 샀다. 집 냉장고에도 얼음이 있지만, 자꾸 편의점 얼음컵을 사게 된다. 커피믹스 두 봉지를 뜨거운 물에 잘 녹이고 얼음컵에 부어 달콤하고 맛있는 아이스커피를 만들어 마셨다. 그리고 블로그를 열었다. 왜 그렇게 알림이 수백 개를 표시하고 있었는지 알게 되었다.

나는 대학 때부터 여유가 있는 주말이면 강으로 바다로 낚시 여행을 떠났다. 대학 졸업 후 직장생활을 시작하게 되면서

월급의 상당 부분이 낚시 장비를 사거나, 낚시 여행을 떠나는 데 쓰였다.

낚싯대, 릴, 라인 같은 기본 장비부터 시작해서 민물낚시 장비를 갖춘 이후로는 바다낚시 장비를 제대로 마련하는 데도 몇 년이 걸렸다. 바다낚시는 갯바위 낚시용과 선상용이 달랐다. 구멍찌, 막대찌 등 찌도 종류별로 달랐다. 우럭, 광어 같은 일반적인 물고기와 돔을 잡을 때는 바늘이 달라야 하고, 갈치도 물론 다르다. 구슬, 도래, 매듭, 봉돌이며, 찌스토파 같은 자잘한 장비뿐만 아니라 결국엔 면허를 따고 보트까지 샀다. 그런 경험을 통해 많은 시행착오를 겪었고, 체계적인 낚시인이 된다는 것은 공부가 먼저 되어야 한다는 것을 알게 되었다. 어릴 적에 아버지가 하는 것을 보고 자랐지만, 아버지 없이는 어느 하나 쉬운 게 없었다.

몇 년 전부터 나는 블로그를 시작했고, 낚시에 필요한 지식과 정보를 차곡차곡 쌓아나갔다. 글을 읽는 사람들이 나 같은 시행착오를 겪지 않도록 자세히 설명했고, 블로그 이웃들이 늘어나기 시작했다.

그러나 그것은 초보 낚시인들이 정보를 얻기 위해 들어오는 조금 인기있는 블로그 수준이었는데, 갑자기 폭발적으로 이웃 숫자가 늘고 수많은 공유로 퍼 날라지게 한 것은, 아버지였다. 아버지 없이는 어느 하나 내 힘만으로는 아직 안 되는 것이다.

나의 재능 없음을 인정하면서 틈틈이 매달려오던 대본 작업을 그만하기로 하고 마지막 글쓰기로 블로그 낚시이야기에 아버지를 불러내었다. 아버지가 어떤 배를 타고 어떤 물고기를 잡았는지, 갯바위에서는 어떤 자리를 잡아야 물고기를 잘 잡을 수 있는지, 돔이며, 넙치며, 우럭이며, 온갖 물고기들은 어떤 특징을 가졌는지. 밤바다에서 물고기는 어떻게 이동하는지. 반달이 뜰 때와 보름달이 뜨는 밤에는 물고기들이 어떻게 성격이 달라지는지……. 오려내지 못한 내 아버지의 말씀들을, 누구에게도 말하지 못한 말씀들을 내 블로그에 쏟아내었었다.

그런데, 놀라운 일이 생긴 것이다. 어쩌면 올드하게 느껴질 수도 있는 이야기라고 생각했는데 요즘 가장 신선하게 떠오른 아이돌그룹의 리더가 SNS에 공유하면서 언젠가 이 이야기를 꼭 노래로 만들고 싶다고 한 것이다. 내 블로그는 며칠 새 일파만파 퍼져서 난리가 나 있었다. 놀랍기도 했고 부끄럽기도 했다.

'이렇게 잠깐 회자되다가 말겠지. 세상은 오래오래 기억하기도 하지만, 쉽게 빠르게 잊기도 하니까.' 그래도 쪽지에 답은 해야겠다고 생각했다. 그건 블로거로서 해야 할 도리니까. 그런데, 수많은 쪽지는 진도가 많이 나가 있었다. 나의 대답을 바라는 쪽지들이 아니라 내가 나서라고 외치는 쪽지들이었다. 전면에 나서라고, 연단에 오르라고 등 떠밀고 있었다.

사는 날까지 명랑하게 살아라. 울부짖는 일 따위는 오페라 가수에게 맡겨라
_ 프리드리히 니체 : 독일 철학자

그저 취미생활 같은 일이 이렇게 수익을 안겨줄 줄은 꿈에

도 몰랐다. 블로그 이웃은 십만을 넘었고 이 일로 생업을 이어가도 될 만했다. 광고 수익은 매일 매 순간 쌓여서, 팀원과 상사 사이 어디쯤 서성이는 팀장 역할을 안 해도 되게 했다. 그리고 등 떠미는 이웃들의 성화를 더는 모른 척할 수 없었다.

그날 저녁, 생맥줏집으로 들어가는 골목 입구에서 나는 서성거리고 있었다. 오프라인 모임을 바라는 수많은 쪽지에 용기를 내었고, 대학 때부터 서로의 속내를 보이던 유일한 말벗이었던 후배가 운영하는 생맥줏집을 장소로 정했다.

'말은 그렇지만, 누가 온라인에서 정보나 찾아보는 블로그의 오프모임까지 오겠어?'

'온다고 쪽지 남긴 사람은 수백 명도 넘지만, 막상 참석 인원은 몇 명 안 되겠지.'

'괜히 후배네 가게로 정했나. 참석자도 적은데 다른 손님까지 못 받으면 미안해서 어쩌나.'

'낚시 이야기를 군이 얼굴 맞대고까지 하고 싶을까?'

'지방의 이웃들은 오겠다고 했지만, 설마 멀리에서까지 올

4장. 연단에 오르다

까?'

　인사말은 외워왔지만, 인사말을 해야 한다는 것에 긴장한 것이 아니라 모임의 구색도 못 갖추고 참석인원이 거의 없는 썰렁한 상황이 더 걱정되었다. 나는 아직도 소심한 구석을 다 비워내지는 못했다.

　인사말을 다시 한번 마음속으로 외우며 생각했다.

　'그래, 몇 명은 왔겠지. 오랜만에 후배 놈이랑 맥주 한잔하는 날로 생각하지 뭐.'라고. 애써 미리 위안하면서, 조심스럽게 문을 열었다. 그런데…….

　"미쳤다. 이건 미친 거다."

　꽉 차고도 자리가 모자라 임시의자까지 마련된 생맥줏집에서 블로그 이웃들은 나를 기다리고 있었다. 후배는 생맥주잔에 생맥주를 연거푸 받고 있었고, 정신이 없어서 거품이 넘치는 지도 몰랐다. 후배가 블로그 주인이 왔음을 사람들에게 알렸고, 누군가 다가와서 먼저 말을 걸었다.

"제가 성격이 급해서 먼저 맥주 한잔씩 쏘겠다고 잔을 돌리는 바람에 모임이 시작도 하기 전에 이렇게 좀 산만해졌어요. 죄송합니다."

아무튼, 괜찮다. 술이 먼저든, 인사가 먼저든……. 이제 나도 그 정도 융통성은 있는 사람이다.

"저는 김. 대. 혁입니다."

안쪽에는 맥주 상자 서너 개를 쌓은 작은 연단이 만들어져 있었다. 거기 서서 나는 크고 강한 내 이름 세 글자를 시작으로 인사말을 했다. 사람들은 귀가 아플 정도로 박수를 쳤다.

"우리 이웃님들, 우리는 이제 낚시인을 낚시꾼이라고 부르는 것을 당연시해서는 안 됩니다. 사기꾼, 도박꾼. 꾼은 나쁜 명칭에 더 많이 쓰이는 말입니다. 우리는 가장 장엄한 취미를 가진 낚시인들입니다. 낚시를 모르는 사람은 자연을 모릅니다. 고요한 강과 두려운 바다를 마주하고 그 들리지 않는 외침에 귀 기울여 본 적이 있는 우리만이 자연을 압니다. 우리는 탐험가들입니다. 여러부우운."

4장. 연단에 오르다

나는 오른팔을 내밀어 공중에서 주먹을 불끈 쥐었다. 내 아버지가 했던 것처럼……

박수 소리는 우레 같았고, 우리의 생맥주는 공중에서 거품이 넘쳐났다. 나는 그날 처칠이 되었다.

'브라보', '원샷', '건배' …… 세상 술자리 구호는 다 등장했다.

'우리 블로그 이웃들도 다들 외로웠구나. 낚시도 고팠고 마음도 고팠구나.'

기쁘면서도 마음이 짠했다.

낚시를 사랑하는 사람은 영리한 사람이다. 집중력이 떨어지고, 인내심이 없고, 꼼꼼하지 못한 사람은 낚시를 하지 않는 법이다. 요란법석을 떨던 술자리가 끝날 무렵, 언제 그랬나 싶게 차분해진 이웃들은 지역별로 모여서 회의를 했다.

"경기·인천은 창가 쪽으로요."

"서울은 이쪽에요."

"충청 분들 몇 분 오셨나요?"

인원이 너무 많기도 했고, 지역별 운영이 필요해서 지역별 소모임 몇 개로 나누고 그룹장도 정했다. 정기 낚시 모임을 정했고, 장소는 블로그에 공지하기로 했다.

모임의 끝 무렵, 나는 다시 연단에 올랐다. 모두에게 감사하며, 구호를 외쳤다. 구호는 내 블로그명이었다.

'삼천포로 가자!'

모두 연호했다.

'삼천포로 가자!'

낚시의 마지막 도(道)는 대나무에 무명 줄을 감아 집 앞 개울에 즐거이 나가는 것이다.
_ 이외수 : 한국 작가

블로그 관리의 일이 커졌다. 나에겐 '바다소년'이라는 애칭이 붙었다. 광고 수익이 점점 늘어났지만, 광고주를 의식할 필요는 전혀 없었다. 협찬하겠다는 연락도 여기저기에서 왔다. 나는 비서가 필요한 스타 블로거가 된 것이다. 낚시 장비를 신기에 좋은, 그리고 조수석에 그녀를 편하게 태울 수 있는 크고 멋진 자동차를 샀다.

지역 모임을 이끌며 여러 낚시터를 다니느라 시간은 정신 없이 흘렀다. 하루하루가 새로운 일의 연속이었다. 아버지와 나의 낚시이야기가 점점 널리 퍼졌고, 부자낚시캠프 프로그램을 시작하게 되었다.

초등학생 아들과 함께 온 젊은 아빠들이 많았지만, 다 자라버려서 어느새 서먹서먹해진 아들을 둔 아버지와 아버지의 성화에 못내 따라온 청년 아들들의 반응이 가장 좋았다. 무뚝뚝한 아버지들과 뿌루퉁한 아들들은 함께 고기를 낚아 올리며 원팀이 되었다. 세상에 아버지와 아들보다 더 좋은 친구가 어디 있겠는가. 아버지와 아들들은 낚시 장비를 콜렉션하는 취미를 공유하며 더 친해졌다.

그중에서도 거의 십 년 가까이 대화가 없었다는 물리학 박사 아버지와 힙합을 하는 아들이 가장 인상적이었다. 낚시를 함께 시작한 뒤 아버지는 힙합 멜로디 한가락을 흥얼거리게 되었다. 생선 장사하는 아버지와 가게 문 닫는 일을 꼭 도맡아 한다는 착한 공무원 시험 준비생 아들은 말할 것도 없이 더 친해졌다. 부자 캠프에 딸을 데리고 와도 되냐는 문의도 이어졌고, 딸바보 아빠들의 귀한 딸들은 낚시의 맛을 안 뒤에 더는 공주 놀이를 하지 않았다.

부자낚시캠프의 예약은 몇 개월 이상 밀려있었고, 먼저 좀 참여할 수 없겠냐며 조르는 회원들도 있었다. 아버지들의 마음이 급해진 것이다. 아들이, 딸이 더 빨리 훌쩍 커버리기 전에 밤낚시도 새벽낚시도 함께 하고 싶은 급한 마음 말이다. 아들들은 밤낚시를 좋아했고, 딸들은 새벽낚시를 좋아했고, 아버지들은 밤이든 새벽이든 다 좋아했다. 아버지들은 더 주고 싶은 사랑이 가슴에 가득했기 때문이다.

낚시 캠프는 여러 곳에서 진행되었다. 충청남도와 전라북도를 나누면서 군산만으로 흘러드는 금강, 영남을 유유히 지나서 남해로 가는 낙동강, 태백에서 시작하여 정선을 지나 대관령에서 흘러들어온 송천과 합류하여 도도히 흐르는 조양

강, 수려한 풍경을 자랑하는 금강 상류의 천내강, 부소산을 휘감으며 흐르는 백마강, 수심이 얕으나 강폭이 넓게 탁 트인 홍천강……. 우리나라 곳곳의 좋은 낚시 자리를 찾아 나섰다. 강마다 풍경도 다르고 잡히는 물고기도 달라서 모든 강이 좋았으나, 항상 마음에 빈 낚시터 한 곳이 머물고 있었다. 바로 '단야'다. 여러 지도와 네비게이션을 살폈으나 어디에도 단야의 강은 없었다.

하루하루 가슴이 벅찼으며 하루하루 평안함이 찾아왔다. 나의 일상 속 어디에도 불안은 없었다. 낚시한다는 것은 물고기만 낚는 것이 아니라 마음의 평정을 찾는 시간이었다.

작가 이외수는 낚시에 심취해 가는 과정을 열네 가지 단계로 적은 적이 있다. 나는 그것을 읽고 무릎을 쳤다. 그는 낚시에도 도^道가 있다고 했다. 바둑이나 무술이 등급을 거쳐서 입신의 경지에 이르듯, 낚시도 신선의 도에 이르기까지 구조오작위^{九釣五作爲}의 열네 가지 단계를 거쳐야 한다고 주장했다.

행동, 태도 모두 치졸함을 벗어나지 못한 초보의 단계가 조졸^{釣卒}인데, 낚싯대를 든 것만으로 태공인 체 하다가 고기가 잡히지 않는 날은 술에 취해 고성방가하는 것으로 화풀이하는 단계다. 바로 그 물리학 박사 아버지와 힙합 가수 지망생 아들의 경우였다. 부자 캠프 규칙상 성인 일인에 맥주 한 캔만 허용이 되었는데, 그들은 그 한 캔에 취해버렸다. 아니, 취하고 싶어 했다. 겨우 피라미 같은 거 한두 마리 잡은 날, 아버지와 아들은 힙합을 불렀다. 피어싱한 아들이 박사 아버지의 어깨를 안고 취한 채로 힙합 동작을 가르칠 때 그들은 이미 어마어마한 대어를 낚은 것이다.

　두 번째 단계인 조사^{釣肆}는 한두 번 대어를 잡아 올린 경험으로 낚시에 대해 다 아는 듯 기고만장해지고 허풍이 세지기 시작하는 때이다. 나는 누구나 그런 단계를 겪어보는 것이 좋다고 생각한다. 그런 철없는 기쁨이 그다음에 이어지는 심련의 시간을 위한 밑거름이 되는 법이니까.

　홍역을 앓듯 밤이나 낮이나 빨간 찌가 눈에 어른거리고 주

말에 낚시를 못하면 끙끙 앓게 되는 단계인 조마^{釣痲}에 들어선 회원들이 늘어났고, 나는 낚시를 통해서 도를 닦는 조궁^{釣躬}의 단계로 그들을 이끌었다. 낚시를 통해 삶의 진리를 하나둘씩 깨닫고 초보 낚시인의 때를 벗기 시작하는 단계이다.

작가 이외수는 인생을 담고 세월을 품는 넉넉한 바구니를 갖게 되고, 자연 앞에서 한없는 겸허함을 느끼는 남작^{藍作}의 단계를 이야기했는데, '나는 그 만큼 와있는가.'를 생각해 보았다. 마음에 자비가 싹트는 자작^{慈作}, 마음 안에 백 사람의 어른이 만들어지는 백작^{百作}의 단계에 올라보고 싶다. 그때는 자연도 세월도 한몸이 된다고 한다.

마음에 두터운 믿음이 만들어지는 후작^{厚作}의 단계에 이르면 결코 지혜를 가벼이 드러내지 않게 된다. 결국 모든 것을 비우는 무아의 지경에 이르게 되는 공작^{空作}, 입신의 경지에 이르게 되어 낚싯대를 드리우는 어느 곳이나 무릉도원이 되고, 낚싯대를 걷으면 그곳이 어디이건 삶의 안식처가 되는 조선^{釣仙}의 단계.

마지막이 조성釣聖이다. 낚시와 자연이 엮어내는 기본 원리를 터득하고, 그 순결함에 즐거워하게 된다. 그저 대나무에 두꺼운 무명 줄을 감아 집 앞의 개울에 즐거이 나가는 것이다. 멋진 장비를 갖추고 수려한 강이나 드넓은 바다를 찾는 것이 아니라, 나뭇가지 하나 꺾어 줄을 매달고 그저 집 앞 개울에 즐거이 나가는 것. 나는 우리 낚시 회원들과 그 마지막 단계까지 함께 하고 싶어졌다.

자신이 이곳에 살았음으로써 한 사람이라도 행복해지게 하는 것이 진정한 성공이다.
_ 랄프 왈도 에머슨 : 미국 사상가, 작가

　　나의 새 사무실은 창문이 컸다. 넓은 하늘도 올려다보고 광화문 네거리를 오가는 사람들도 내려다볼 수 있는 곳이다. 낚시 장비 전문 온라인 쇼핑몰을 열었다. 그동안 내가 시행착오를 겪으며 알게 된 가성비 좋은 제품들을 엄선하고 일일이 설명을 달았으며, 공동구매 형식으로 단가를 낮추었다. 새 장비를 사용할 때마다 사용법과 장단점을 일일이 기록하고 사진도 찍어둔 나의 꼼꼼함이 수많은 자료를 업데이트할 수 있게 했다.

생맥줏집을 열기 전에 쇼핑몰 창업의 경험이 있는 후배에게 쇼핑몰 운영을 맡겼다. 후배는 그 돈 안 되는 철학을 전공했다. 소위 커트라인이라는 라인을 훌쩍 넘는 점수를 받았지만, 그 라인을 무시하고 하고 싶은 공부를 했다. 졸업장을 받아들고 후배는 말했었다.

"공부는 했지만 철학은 아직도 모르겠고, 앞으로는 무얼해야 할지 더 모르겠어. 형."

부지런한 후배는 카페도, 쇼핑몰도, 운동화 할인점도, 생맥줏집도 열었고, 닫았다.

쇼핑몰을 오픈하느라 정신없이 바빴던 후배가 마음의 여유를 찾게 되자 조심스럽게 말했다.

"형, 우리 이러다 부자 되면 어쩌지."

평생 부자의 꿈을 꾸어본 적도 없는 후배가 부자가 되는 것이 보고 싶어졌다.

후배와 나는 낚시 관련 사업을 이어 가면서, 낚시 사업으로 벌어들이는 수익의 일정 부분은 기후변화에 대한 경각심을 일깨우는 시민운동 단체에 기부하기로 했다. 역시 후배는 욕심은 없고 사랑은 많은 사람이었다.

부자 캠프는 점점 입소문이 났고, 어느 중학교 교장 선생님의 전화를 받았다.

"우리 아이들, 너무 이쁜데 참 안타깝지요. 중학교부터 입시지옥이 시작되니까요. 1학년은 자유학기제니까 학교마다 자율적인 프로그램 운영이 가능합니다. 저도 낚시를 좋아하는데 아이들에게 낚시 경험을 시켜주고 싶습니다."

낚시광이라고 밝힌 교장 선생님은 잘 알고 계셨다. 아이들에게 왜 낚시 체험이 필요한지를. 그렇게 그 학교 자유 학기 인성프로그램에 우리 낚시 캠프가 편성되었다.

"저는 이런 생각을 해본 적 있습니다. 강태공이 만약에 낚시를 하지 않았다면 그렇게 오랜 세월 몸을 낮추고 기회를 기다릴 수 있었을까요. 그는 물고기를 낚고 세월을 낚은 것처럼 보였겠지만, 그 시간 동안 마음을 수련하고 전략을 짰던 것이지요. 기회가 올 때를 대비했던 것이지요."

인성교육 낚시 캠프에서 나는 이렇게 인사말을 시작했다.

"삼천 년 전 중국에 폭군인 주왕의 흉포한 정치가 계속되던 시대가 있었지요. 백성들의 삶은 이루 말할 수 없었고 모두 비탄에 잠겨 있었습니다. 강태공은 때를 기다렸습니다. 낚시하면서 말이지요. 무려 삼십 년 동안 낚시를 했다고 전해옵니다. 마침내 무왕의 스승이 되는 기회가 찾아오게 되지요. 그리고 사만여의 병사로 칠십만의 적을 물리치는 전략으로 백성을 지켰습니다. 여러분은 지금 성장이라는 과정을 힘들게 겪고 있습니다. 오늘 낚시의 세계로 들어가서 앞으로 펼쳐질 여러분들의 미래를 그리며 강태공처럼 전략을 짜는 시간을 가져보면 좋겠습니다."

낚시 체험이 시작되자 아이들은 좋아서 어쩔 줄을 몰라 했다. 온종일 교실과 학원에서 성장의 씨앗을 꽁꽁 묶어두고 끙끙대다가 하루 이틀 만에 훌쩍 피어났다. 아이들이 참 고마웠다. 공부만 해야 하는 줄 알았던, 앞으로 육 년이나 계속될 입시지옥의 문에 들어서는 중학생 아이들은 이날, 긴 시간을 버틸 기운을 보충했다. 그 자리에서는 소외된 아이가 없었다. 누군가 붕어 한 마리를 낚아도 복권에 당첨이라도 된 듯 학급 인원 전체가 모여들어 폴짝폴짝 뛰면서 기뻐했다. 아니 진짜 복권인지도 모른다. 바른 성장이라는 일등 복권에 당첨된 것이기를 나는 아버지의 마음으로 기원했다.

나의 블로그 그룹장 중에 이벤트 전문가, 교육 전문가들이 재능기부를 해서 이 프로그램은 더 알차졌고 점차 소문이 나기 시작했다. 참 고마운 일이었다.

최근에는 그룹장들과 새로운 프로젝트를 준비하고 있다. 감당할 수 있을지 겁이 나는 큰 프로젝트지만, 우리는 매주 모여 회의를 하고 기획안을 만들어가고 있다. 국내에 리조트를 여러 개 가지고 있는 리조트 그룹에 제안할 내용이다. 강을 앞에 두거나 바다를 바라보는 자리에 멋들어지게 세워진 리조트들에 각각의 특성에 맞게 테마 낚시센터를 만드는 일이다.

"설마 그런 대기업이 우리 같은 블로그 모임에 관심을 가질까요?"

"골프를 하기도 아까운 시간에 낚시센터에 모여 물고기 따위를 낚는 걸 하려고 할까요?"

"그 대기업에서 우리 기획안을 열어보기나 할까요?"

그렇게 회의감을 갖고 진행되던 회의가 점점 윤곽이 만들어지니, 모두가 적극적으로 변해갔다. 수려한 골프장을 갖춘 대규모의 리조트에서 골프만큼 의미 있게 낚시를 자연 스포츠로 인정하는 순간이 올 것이라 믿게 되었다. 리조트방문객들이 오전권, 오후권, 야간권 등의 입장권을 사고 잠깐의 낚시법 교육을 받고 멋진 풍광 속에서 편안하고 고요하게 낚시를 즐기게 하는 것이다. 실현될지는 모르겠지만, 우리는 그렇게 새로운 사업에 대해 아이디어를 만들고 닫혀있는 문을 두들기면서 나아가기로 했다.

시간이 많이 흘렀다. 바쁘게 살았고, 많은 일을 빨리빨리 해나갔다. 그녀에게 갈 시간을 더 당기기 위해서. 그녀가 내 생각을 하고 있을 것이라는 생각이 들었다. 그리고 나를 기다리고 있다는 확신도 들었다.

5장. 이팝나무 길을 걷다. 함께

°여자 편

인생에서 최고의 행복은 사랑받고 있다는 확신이다.
_ 빅토르 위고 ; 프랑스 작가

　그에 대한 소식을 그에게서 듣지 못했고, 뉴스에서 보게
되었다. 그는 상당히 유명해졌고, 이곳저곳에서 인터뷰 기사
를 볼 수 있었다. 낯설었다. 자기 이야기를 이렇게 하는 사람
이 아니었기에. 그는 많이 달라져 있었다. 사진으로 보는 그
의 얼굴은 검게 그을려 있었고, 자신감이 넘쳐 보였다. 예전
의 그 사람이 아닌 듯하여 조금 서운하기도 했다.

그가 달라졌어도 내 생각을 하고 있을 거라는 생각이 들었다. 그가 삼천포 이야기를 할 때 물어 보고 싶었다. 그의 마음에 내가 조금은 자리하고 있는 지를. 회사 구내식당에 먼저 내려가 간단한 점심 식사 후 청계천 길을 혼자 걷던 어느 날, 그가 멀찌감치 뒤에서 걷고 있는 것을 알았다. 우리는 서로 먼저 가까이 가서 말을 걸지 않았다. 나는 생각했다. 각자 걷는 그 시간이 한 방향을 보고 있는 시간이면 좋겠다고.

그러나 그도 내 생각을 하고 있다는 것은 나의 착각일 뿐일 지도 모른다는 마음에 불안해졌다. 그는 좀체 연락이 없으니까. 안부 전화 한 통 하지 않는 그를 생각하며 나의 일방적인 그리움을 멈춰야 한다고 마음을 다잡고 있는데, 드디어 그가 메시지를 보내 왔다.

'그곳을 같이 걸어보면 어떨까. 지금쯤 이팝나무꽃이 활짝 피었을 텐데.'

그의 말처럼 그 길엔 이팝나무꽃이 활짝 피어 있었고, 우리는 인사말도 없이 서로 마주 보고 웃었다. 나는 이야기 하고 싶은 것을 참을 수 없었다. 단아에 대해 이야기했고, 스카치캔디 할머니의 영국 이야기를 했다. 할머니의 후회와 거울이 된 남자에 대해서도. 그는 말없이 듣기만 했다. 그는 내 웹소설을 한 회 한 회 기다리며 보고 있었고 소설이 마감되기를 기다렸다고 했다. 내 소설이 끝나기 전에 연락해서 이야기의 흐름을 방해하고 싶지 않았다는 그는 역시 생각이 깊은 사람이었다. 나는 사람 보는 눈이 있다.

나는 그의 성공을 축하했고, 그는 나를 바다낚시에 초대했다. 위험하니까 정해준 자리에 가만있어야 하며 바다낚시는 심리전이기에 오래 기다릴 줄도 알아야 한다고 신신당부했다. 당연하다. 그의 옆에서라면 나는 얼마든지 기다릴 자신이 있다.

"스카치캔디 할머니는 어떻게 되셨을까요? 할머니가 나에게 주머니를 보내셨을까요?"
그는 말없이 한참 무슨 생각을 하는 듯했다.
"나는 알 것 같아. 그 할머니가 어디로 가신 건지."

"네?"

"그 할머니는 바로 너야. 할머니가 너로 오신 거야. 오십 년이 넘는 세월을 건너뛰어 너로 오신 거야."

그의 말에 나는 울었다. 할머니는 내가 내 길을 잘 찾아가도록 이끌어주기 위해 오십 년을 뛰어넘어 나에게 오신 거다. 그는 얼굴을 가리는 내 머리칼을 뒤로 쓸어 넘겨주었다. 그 손이 따뜻했다.

°남자 편

천재는 거인의 어깨에 앉는 자가 아니라, 옆 사람의 고단한 어깨에 손을 얹는 사람이다.
_ 양부현 : 한국 작가

알림이 울렸다. 그녀의 소설에 마지막 회가 올라온 것이다. 감동적이고 재미있었다. 그녀가 천재임을 제일 먼저 알아보았던 나는 내가 뿌듯했다. 천재란, 거인의 어깨에 앉아 누구보다도 높고 멀리 바라보는 사람이 아니다. 자신이 찾아낸 비범한 길로 안내하는 사람이 아니다. 사람들 속에서, 그 고단한 일상의 어깨에 손을 얹어 토닥토닥 위로해 주는 사람이다. 그녀는 그런 천재다.

이제 마침내 그녀에게 메시지를 보낼 시간이 왔다.

'그곳을 같이 걸어보면 어떨까. 지금쯤 이팝나무꽃이 활짝 피었을 텐데.'
장소도 시간도 적을 필요가 없다. 무작정 나가서 그녀가 올 때까지 기다릴 생각이니까.

그녀는 시폰 소재의 아름다운 원피스를 입고 나타났는 데 회사 일에 찌들어있을 때와는 전혀 딴판이었다. 참 고운 사람인 걸 더 확실히 알겠다.

그녀는 단야의 강을 이야기했고, 거울이 된 남자에 대해 책을 읽어 주듯이 이야기했고, 스카치캔디 할머니의 소식을 궁금해 했다. 그리고 그 수첩에 대해서도. 나는 듣기만 했다. 나는 해야 할 말과 하지 말아야 할 말을 구별할 균형을 갖추기로 했다.

"스카치캔디 할머니는 어떻게 되셨을까요? 할머니가 나에게 주머니를 보내셨을까요?"

그녀가 내게 물었다. 나는 한참 생각을 모으고 그녀에게 꼭 필요한 말을 했다.

"나는 알 것 같아. 그 할머니가 어디로 가신 건지."

"네?"

"그 할머니는 바로 너야. 할머니가 너로 오신 거야. 오십 년이 넘는 세월을 건너뛰어 너로 오신 거야."

그녀는 울었다. 얼굴을 가리는 그녀의 머리칼을 뒤로 쓸어 넘겨주면서 그녀의 이마가 참 곱게 생겼다는 걸 처음 알았다.

어떻게 살아가는 게 맞는 건지 아직 정답은 모르겠다. 그러나 한 가지는 정했다. 소중한 사람을 곁에 두고 있는 것만큼 소중한 일은 없다는 것. 그녀를 내 옆에 두고, 나는 그녀의 옆에 있겠다는 것을 정했다. 때때로 삼천포로 빠지면 또 어떤가. 거기에서 우린 또 길을 찾아내리라. 그리고 그곳에 세 보이지 않지만 센 이팝나무를 심을 것이다.

우리는 이팝나무가 가득한 길을 걸었다. 나는 이제 그녀 뒤에서 걷지 않았고 그녀의 바로 옆에서 나란히 걸었다. 이팝나무꽃이 활짝 피어 있는 것을 보니 올해는 풍년이 들 것이다. 우리는 배불리 먹을 것이고, 그녀가 숟가락을 들면 나는 고기 살을 발라 숟가락에 올려줄 것이다.

우리 모두 리얼리스트가 되자. 그러나 가슴 속에는 꿈을 간직하자.
_ 체 게바라 : 아르헨티나 혁명가

한 사람씩 출발했다고 보고하는 알림이 휴대폰에 계속 뜬다. 고향으로 가는 도로는 이른 새벽이라 쌩쌩 뚫려 있었고 그녀는 조수석에서 곤히 잠들었다. 운전석 창문을 조금 여니 서늘해진 바람이 창문을 비집고 들어왔다. 오늘은 바다낚시 모임에 처음으로 그녀를 데려가는 날이다. 모두에게 그녀를 당당히 소개할 것이다. 오늘 우리 낚시 모임 장소는 내 고향 삼천포다.

오래 기다리던 시간이 드디어 왔다. 아버지가 나를 위해 정해둔 갯바위 그 자리에 그녀를 앉혔다. 멀리 파도가 적당히 넘실대는 바다를 우리는 나란히 바라보았다. 하얀 새털구름이 바다의 머리를 장식하고 있었다. 저 멀리 수평선 너머에서는 새로운 세상이 만들어지고 있었다. 나는 보았다. 잘 보았다.

스카치캔디 할머니는 흔들의자에 앉아서 사열한다. 열병식을 하는 천오백의 병정들은 무릎을 높이 높이 들어 올리며 행진을 하고, 스카치캔디 군악대들은 백파이프를 연주한다. 그 소리는 하늘 멀리 울려 퍼지고, 모든 보병과 기병은 할머니 앞을 지날 때 일제히 경례를 올린다.

어린 날의 내 키만 하던 아버지가 잡은 돌돔들은 빛나는 비늘을 반짝이며 온몸을 공중에서 퍼덕이며 축하한다. 나비들은 적으로부터 자신을 지키기 위해서 색깔을 바꾸는 것이 아니다. 가장 어여쁜 색깔만을 선택하고 보란 듯이 오색 창연한 날개를 빠르게 움직이며 위대한 자유의지로 군악대들 사이를 날아다닌다.

　흔들의자에서 일어나 허리를 쫙 펴는 할머니의 모습을 보니, 바로 지금 그녀의 젊고 행복한 얼굴이다. 시폰 소재의 하늘거리는 멋진 원피스를 입은 그녀는 박수를 보낸다. 병정들에게, 군악대에, 물고기며 나비들에게. 모든 풍경이 눈부시다. 나는 그 모든 풍경을 더 눈부시고 화사하게 비춘다. 균형을 잃지 않는 거울이 되어…….

　갑자기 낚싯대 줄이 세게 당겨지는 게 느껴졌다.
'감이 왔다. 이건 진짜 큰 놈이다.'

　나는, 세상 모든 것에 감사했다.

6장. 스카치캔디 할머니, 그 이후

1.

　경부선 무궁화호 서울역 오후 1시 17분 출발. 손에 기차표를 들고 기차역 매표소 옆에 붙어있는 노선표를 올려다보고 있었다. 서울 영등포 안양 수원 오산 서정리를 거쳐 또 여러 역을 거쳐 사상 부산까지 가는 경부선 무궁화호 노선 중에 단야역은 없었다. 종착역까지 가는 표를 사서 손에 들고 시계를 보니 아직 30분쯤 남았다. 주인공도 1시 17분 출발 기차를 탔다고 했으니 부산까지 가는 도중에 어디쯤 단야역이 있을 것이다. 아니 없을 것이다.

기차표를 내려다보며 혼자 웃었다. 말이 안 되는 걸 뻔히 알면서 작가의 창작임이 분명한데 몇 달 동안 45회에 걸쳐 연재된 웹소설을 읽고 그 작가의 여정을 따라갈 생각을 하다니 이 무슨 미친 짓인가. 소설은 주인공이 경부선 무궁화호를 타고 가다가 단야역에 내렸고 어떤 할아버지의 안내로 단야강이 흐르는 마을에 가서 하얀 이층집에 있는 스카치캔디 할머니를 만나는 내용이었고, 힘들고 지치고 혼란스러운 자기 삶의 새 출발점을 할머니와의 대화에서 찾는 내용이었다.

아버지는 어릴 때 모기 방역 트럭에서 뿜어내는 모기약 연기가 신기해서 친구들과 종종 그 트럭을 따라 뛰어갔는데, 어느 날은 끝도 없이 연기를 따라가게 되었다고 하셨다. 뿌연 연기 속을 따라 뛰어가다 보니 같이 출발한 아이들은 아무도 없었고 해는 지고 살충제에 취해 머리가 어지럽고 속은 메스꺼운데 거기가 어딘지 알 수 없었다. 공중전화 거는 방법도 몰랐으며 결국은 파출소에 가서 울기만 했다고 이야기하신 적이 있었다. 내가 경부선 무궁화호 표를 사고 기차를 기다리고 있는 것은 모기살충제가 뿌려지는 그 방역 트럭을 끝도 없이 따라가고 싶은 심정이었는지도 몰랐다.

휴학을 선언한 것인데, 학교를 그만두겠다는 것도 아닌데, 의사가 되지 않겠다는 것도 아닌데 아버지는 노여움을 어쩌지 못했고 엄마는 밥을 몇 끼 굶기도 했고 주방 구석에 앉아 커다란 면기에 밥을 여러 반찬과 비벼서 끝없이 먹기도 했다. 고작 한 학기 정도 휴학을 하는 것은 요즘은 보편화 되었을 정도인데 우리집은 그런 계획적이지 않은 계획이 용납되지 않는, 아니 상상조차 안 되는 분위기였다. 아마 모기 방역 트럭을 따라가서 길을 잃었던 그 어린 날 이후로 아버지는 예측 불가의 일은 꿈도 꾸지 않는 것 같았다.

이제 본과 일 년 남았고 공보의, 전공의 과정을 거치면 몇 년도가 되고 전임의가 되면 몇 살이 되고 등등 부모님의 머릿속에는 동그라미가 그려진 십년치 달력이 저장되어 있었다. 고등학교 때부터, 아니 그 이전 초등학교 과학 영재반 수업 때부터 이십 년짜리 장기 플랜이 머릿속에 있었을 것이다. 문제는 그 플랜 속에 휴학은 없었다는 거다. 그것도 건강상의 문제 때문이라거나 공부의 힘듦 때문이라면 그나마 설득력이 있었을지도 모르겠지만, 여자 때문이라니. 내 아들의 이십 년 장기 플랜이 삐거덕거리며 탈이 났는데 그게 여자 때문이라니. 이건 기가 막히고 코가 막힐 일이었을 것이다.

2.

"여자, 사랑, 잠깐 지나가는 열병 같은 거야. 타이레놀 먹고 푹 자고 며칠 바람이라도 쐬면 다 낫는 거야. 네 맘 다 알아. 아버지도 그런 경험 있었어. 그땐 죽고 못 살지. 땅이 꺼지는 것 같지. 죽을 때까지 못 잊고 가슴앓이할 것 같지. 근데 지금은 얼굴도 가물가물하고 심지어 이름도 헷갈려. 아에 이였는지 여에 이였는지. 해였는지 혜였는지 말이야."

"어차피 네 짝 아닌 거 너도 알잖아. 가당키나 하냐고. 우리가 널 어떻게 키웠는데. 너 초등 4학년 때부터 토요일, 일요일, 방학 때는 과학 영재반 학원에 도시락 하루 두 번씩 싸 들고 가서 먹이며 공부시켰다. 다른 엄마들 단풍 구경 다닐 때 엄마는 일곱 가지 반찬 그때그때 만들어 학원으로 날랐어. 의대 너 혼자 간 거 아니야. 엄마도 같이 간 거야."

의대를 그만두겠다는 것도, 의사를 포기하겠다는 것도 아니고 일단 한 학기 휴학하겠다는 건데도 그 정도였으니 아마 내가 학교를 그만두겠다고 했으면 우리집은 줄초상을 치러야 했을지도 모른다. 사실 마음은 그랬으니까. 갈수록 적성에도 안 맞고 공부는 끝이 없어서 지수처럼 유학을 떠나버리고 싶은 마음이 굴뚝이었다. 지수처럼, 아니 지수와 함께.

타이레놀 대신에 벤조디아제핀 같은 걸 한 움큼 입에 털어 넣고 싶었고, 푹 자기는커녕 몇 날 몇 밤을 거의 뜬눈으로 밤을 새우며 공황에 시달렸고 바람을 쐬기는커녕 햇빛도 싫어서 암막 커튼으로 빛을 차단한 채 지내왔다. 그리고 지수는 딱 두 마디의 문자를 보내왔고 미국으로 가는 비행기에 올랐다. '안녕, 잘 지내.'

갑자기 귀청이 울리는 폭발음이 내 심장에서 들려왔고 나는 커튼을 제치고 창문을 열었고 크게 심호흡을 했다. 주방으로 가서 밥솥의 밥을 푸고 식은 냄비의 식은 국을 떠서 한 그릇 말아서 먹고 옷가지를 몇 개 집어넣어 가방을 쌌다. 결말이 확실히 나고 엔딩 컷이 올라가고 극장에 조명이 다시 켜지는 순간임을 깨달았기 때문이다. 미친듯이 매달려도 보고 기다려달라고 울며 졸라보기도 하고 화도 내어 보고 달래보기도 했지만, 지수는 엔딩 컷을 딱 두 마디 자막과 함께 올린 것이다.

아버지 말처럼 그까짓 여자가 뭐라고. 그 여자가 미국으로 떠난다는 게 뭐 대수라고. 고려 시대, 조선 시대도 아니고 공항으로 달려가서 열 시간 남짓 비행기 타면 가는 곳이 미국인데 그게 뭐라고. 그런데 그게 아님을 나는 안다. 지수는 절대 한국으로 돌아올 아이가 아니고 다시 나를 만날 아이가 아니며 우리 부모가 허락해줄 때까지 단 일분도 기다릴 아이가 아님을.

3.

　지수의 집은 우리집에서 걸어서 십 분쯤 걸리는 거리였고, 우리는 중학교 졸업 전까지는 서로 알지 못하는 사이였다. 고등학교 배정이 난 후 학원에서 아이들이 하는 이야기를 들었다.

　"야야, 우리 학교에 한지수라는 애 알지? 걔도 나랑 같은 한재고 배정. 왜 있잖아. 입양아라는 애 말이야. 한재중의 배수지, 한지수 말이야. 진짜 수지 닮았다니깐. 아니 수지보다 이쁘지. 난 수지보다 이쁜 거 같아. 공부도 잘하는 데다 애가 음…… 뭐랄까. 어떤 아우라가 있지. 너 아우라가 뭔지 알아? 이 무식한 새끼야. 아우디 말고 아우라. 이 자식 너 대학 가긴 갈 거냐? 미치겠다. 아무튼, 오늘 한재고 배정된 남자 새끼들은 다 지수랑 삼 년 더 같이 있게 되었다고 난리였어. 끔찍한 고딩 생활, 눈이라도 즐겁자. 그게 내 신조야."

　학원 옆자리 애들은 한지수에 대해 떠들었고, 고등학교 오리엔테이션 날 나는 강당 문을 들어서면서 지수를 알아보았다. 한 번도 본 적 없는 지수라는 애를 한눈에 알아보았다. 수지를 닮았을 수도 안 닮았을 수도 있었다.

부모님은 당연히 의대 지망생인 내가 의학 동아리나 생명 과학 동아리를 지원해야 한다고 했지만, 나는 앞으로 원격 진료나 의료 공학 분야도 활성화될 것이기에 컴퓨터 동아리 활동도 생활기록부에서 잘 포장될 수 있다고 설득했다. 의대 수시 원서에 의학 동아리 활동 내용은 너무 뻔하고 플러스 요소가 없고, 오히려 컴퓨터 동아리 활동에 쓸 만한 내용을 더 많이 채울 수 있다고 설득했다. 컴퓨터 동아리에 지수가 지원했다는 걸 그 아우라를 강조했던 아이가 소문내고 다녔음을 부모님은 당연히 모르셨다.

컴퓨터실 칠판 옆에 붙어있는 자리표에는 모든 아이의 선망인 지수의 옆자리에 내 이름이 있었고, 태어나서 처음으로 나는 수업에 전혀 집중할 수 없는 상태가 되었다. 강당 문을 열 때 지수를 처음 알아본 그 순간부터 나는 그 아이가 좋았다. 아이들이 수군대던 입양아라는 낯선 타이틀, 그런데도 학교의 모든 활동에서 두각을 보이고 성적도 우수하다는 빛나는 프로필에, 아이돌의 이름이 거론되는 두드러진 피지컬에, 어두운 그림자를 드리운 그 비운의 히스토리가 더욱 절묘하게 아우라를 만들어내었다.

컴퓨터의 키보드를 지수가 타타탁 치는데 내 심장이 쿵쿵쿵 키보드 소리에 맞춰서 울렸다. 만화에서 묘사되는 아름다운 여자 주인공의 가느다랗고 하얀 손가락이 아니라, 작지만 강하고 투박하고 손가락 마디마디가 울퉁불퉁한 손. 지수의 손은 그랬다. 고생하고 자랐으리라는 선입견이 그 애를 둘러싸고 있었지만, 입양되었다가 파양되었다가 다시 한 동네에서 입양이 된 과거 때문에 모두에게 다 알려지게 된 그 드센 소문은 찰지게 그 애에게 달라붙어 있었다.

그날은 초여름의 더운 기운이 아직 선풍기도, 에어컨도 덮개가 씌워진 상태로 있었던 교실에 몰려왔다. 인기 동아리였기에 정원이 꽉 차서 빈자리가 하나도 없었던 데다가 컴퓨터실은 여러 대의 모니터가 작동되고 있었으니 그 열기가 더 뜨거웠고 갈증이 났다. 옆자리의 지수가 작은 물통을 꺼냈는데, 나도 모르게 그 물통 쪽으로 고개를 돌리고 있었다. 다른 여학생들과 달리 지수는 꽁꽁 여며 묶은 보자기를 풀어서 물통을 꺼냈는데 그렇게 보자기에 뭔가를 싸서 다니는 건 그 옛날 할머니가 하던 방법이었다. 지수가 보자기를 풀어서 아직 덜 녹은 얼음들이 보이는 내부가 투명한 물통의 뚜껑을 열어 그 뚜껑에 물을 부어서 내 쪽으로 내밀었다. 구수하고 시원한 보리차를 꿀꺽꿀꺽 마시며 나는 지수를 아마도 오래오래 좋아하게 될 거라는 확신을 했고, 물이 목을 타고 내려가는 게 느껴지면서 가슴이 쿵쿵 뛰는 소리가 지수한테까지 들릴까 봐 걱정될 정도였다.

그 이후로도 엄마는 매일 아침 얼음물을 담은 물병을 가방에 넣어주셨지만, 컴퓨터실에는 들고 가지 않았고, 지수는 항상 보자기를 풀어서 시원한 보리차를 물통 뚜껑에 가득 부어 나에게 건넸다. 동아리가 끝나면 자유시간이 이십 분쯤 있었는데, 수업에 집중 못 했던 나는 항상 남아서 그날 배운 프로그래밍을 버벅거리며 복습했고, 컴퓨터에 천재성을 가진 것으로 여겨지는 지수는 나를 도와주었다.

"공부가 전교 일등인데 컴퓨터는 왜 이렇게 못하니? 너는 의대 가는 게 맞겠다. 공학 쪽은 아닌 거 같아." 지수의 말이 듣기 좋았는데 내가 전교 일등이라는 걸 강조해주니 계속 전교 일등을 놓치지 않아야겠다는 생각이 들었다.

지수의 짧은 교복 상의 아래 드러난 팔의 솜털조차도 내 가슴을 뛰게 했고, 동아리 발표 시간에 또박또박 자신의 코딩 과정을 설명할 때는 그 영롱한 눈빛에 빨려 들어갔다.

누가 누구를 좋아하는 데 어떤 이유가 있을까. 잘생겨서, 착해서, 부자라서, 똑똑해서. 누군가 좋아한다는 이유를 붙이는 건 그건 진정 사랑이 아니다. 무엇 때문에 그 사람을 좋아하는지 이유를 구체적으로 말할 수 없기에 그 사람을 좋아하는 것이다. 부자라서 좋아한다면 그 사람이 가난해지면 그 사랑은 끝날 것이고, 잘생겨서 좋아한다면 그 사람이 늙고 못생겨지면 싫어지게 될 것이다. 사랑은 어떤 이유를 델 수 없는 것이며 끝이 날 수도 없는 것이다.

4.

　고등학교 3학년 때 나는 생기부에 한 줄 더 써넣기 위해 반장이 되었고, 반장의 엄마로서 학부모회 일에 나섰던 엄마는 지수와 내가 같이 물을 나눠 마시는 사이이며, 동아리 시간이 끝나고도 둘이서 교실에 남아 시간을 보낸다는 소문을 싸들고 집으로 왔고, 부모님은 상당히 교양 있게 교양 없는 말씀을 하셨다.

　"사람이 귀천이 어디 있으며, 집안이 무슨 상관이냐. 아이가 똑똑하고 모범적으로 소문나 있는데 아이가 중요한 거지. 그런데 온 학교가 다 아는 입양아 출신을 굳이 친구 이상으로 친하게 지낼 일은 없지 않겠니. 친절하게 잘 대해주고 좋은 친구로 남아. 그리고 걔가 누구든 어떤 아이든 그게 중요한 게 아니라 지금 여자 친구 사귈 때가 아니잖아. 대학 가서 다 하면 되지. 지금 일분일초가 아까운데……."

　변두리 동네일수록 소문은 빠르고 오래가는 법이라고 엄

마가 말했다. '아버지의 개인병원이 이 동네에 자리 잡은 지 오래되었고 환자 수도 하루 이백 명 가까이 되니 이 동네를 떠날 수 없어서 그렇지 우리가 이 동네 살 사람들이냐?'로 시작해서 결국엔 '강남으로 이사를 하든지 해야지. 수준이 안 맞아서 진짜.' 그렇게 무거운 한숨으로 끝나는 엄마의 평소 넋두리에 지수를 얹었으니 엄마가 동네에 정이 더 떨어진 것은 뻔한 일이었다.

어찌 되었든 지수가 강조한 전교 일등을 놓치지 않기 위해 아버지의 말대로 일분일초를 아끼며 공부해서 부모님이 원하는 대학에 갔고, 한동안 집안엔 화목한 가정의 모습이 연출되었지만, 지수에 대한 나의 갈망과 집착은 꺾이지 않았다. 시간만 나면 지수 어머니가 운영하는 두부 가게 근처에 가서 지수가 보이길 기다렸고, 내 휴대폰 강의 시간표 앱에는 내 강의 시간표보다 지수의 강의 시간표가 먼저 뜨게 저장되어 있었다. 지수의 대학교 근처 카페에 가서 몇 시간씩 기다려 잠깐이라도 지수가 얼굴을 비추면 그날은 행복한 날이 되었고, 지수를 못 보는 날은 초조하고 불안해서 잠을 잘 수가 없었다.

6장. 스카치캔디 할머니, 그 이후

지수도 나에게 조금씩 마음의 문을 열었고 우리는 각자 대학 생활도 열심히 하며 함께 하는 짧은 시간도 소중해서 어쩔 줄 몰라했다. 지수는 아침에는 어머니와 가게 문을 같이 열며 장사 준비를 거들고, 수업이 끝나면 어머니가 집에 가서 식사를 하고 집안일을 하는 동안 가게 일을 대신 했다.

하루 전날 미리 지수 어머니가 물에 담가 불려놓은 콩을 커다란 바가지로 여러 번 퍼서 체에 밭쳐서 껍질을 걸러내는 일이 시작이었다. 공장에서는 이렇게 껍질을 걸러내는 과정도 기계로 한다고 하지만, 지수네 가게는 일일이 체에 밭쳐서 걸러내었고 남은 껍질을 손으로 골라내어서 일이 많은 것이라고 했다. 콩을 둥근 기계에 넣고 스위치를 켜면 이삼 분 만에 갈려졌는데 콩을 한 바가지 넣을 때마다 물을 작은 바가지로 부어주어야 했다. 가마솥에 끓고 있는 물에 간 콩물을 몇 바가지씩 천천히 넣고 저어 주다가 물이 끓어오르면 다시 콩물을 넣어주는 과정을 되풀이했다.

가마솥 가득히 콩물이 끓을 때 반드시 차가운 물을 넣어줘야 콩물이 끓어 넘치는 것을 방지할 수 있었고, 잠시라도 방심하면 콩물이 끓어 넘쳐 이제껏 해온 과정이 헛수고가 된다. 솥에 차가운 물을 반 바가지 정도 부으며 어른처럼 지수가 말했다.

"너무 끓이면 끓어 넘치게 되니 차가운 물을 조금씩 부어줘야 해. 사람 사는 것도 마찬가지 아닐까 싶어. 너무 열정이 넘치면 차가운 물을 부어줘야 해. 이제 가게에 안 오면 좋겠어."

가장 힘든 일은 베주머니에 끓인 두붓물을 부어주는 것이었다. 뜨거운 김이 올라오고 콩물이 식기 전에 부어야 하니 혼자서는 턱도 없는 일이었다. 물이 밑으로 빠지고 건더기만 남으면 주머니를 오므려서 나무막대기에 엇갈리게 끼워 꾹꾹 짜낸다. 이때는 내가 나무막대기를 잡고 내 역할을 힘차게 했는데, 있는 힘껏 두붓물을 짜내야 많은 두부를 만들 수 있었다. 나는 지수의 말을 못 들은 척하며 팔이 아플 정도로 주머니를 비틀어 짰다.

나는 처음에 주머니에 남은 찌꺼기가 두부인 줄 알았고 그

걸 두부틀에 부으려 했는데, 알고 보니 걸러져서 버리는 줄 알았던 밑에 밭쳐진 물이 두부가 되는 것이었다. 그 물에 간수를 넣고 저으면 두붓물이 천천히 서로 뭉쳐지면서 덩어리가 되고 그것을 두부틀에 부어 넣는 것이다. 그 틀 위에 두꺼운 나무로 만든 뚜껑을 덮고 커다랗고 넓적한 돌멩이를 얹어놓는데 그 무게에 눌리면서 덩어리들은 더 단단한 고체가 되어 두부 모양이 되는 것이었다.

이마에 땀이 맺히고 얼굴에 열이 오른 지수는 그 과정을 전문가처럼 척척했는데, 나는 그 모습을 보며 아이돌 수지를 닮은 지수보다 두부를 잘 만드는 지수가 백배 이쁘다고 생각했다. 우리는 그렇게 함께 두부를 만들며 다른 대학생 커플들과 좀 다른 데이트를 했다.

5.

엄마 말대로 변두리 동네일수록 소문은 빨랐고, 김내과 원장 아들이 두부 가게 입양아와 사귀고 거기에 더해 두부 가게에서 두부를 만든다는 소문에 발이 달려 더 넓게 퍼져갔으니 지수 어머니가 우리 엄마의 전화를 받은 것은 어쩌면 매우 늦은 일인지도 몰랐다.

가게 문을 닫고 지수를 먼저 집으로 보낸 지수 어머니가 가게 안에서 따뜻한 두부 한 모를 간장에 찍어 먹어보라고 건네셨다.

"지수 아버지가 계실 때는 콩을 맷돌에 갈았어. 그 큰 덩치로 힘차게 갈면 사람들이 돈부터 내고 갔지. 우리 두부가 맛있는 걸 다 아니까. 그 양반 가고 나서 이렇게 기계식으로 다 바꾸고 나니 그 맛이 안 나. 그래도 지수가 장학금도 받고 일도 거들고 여러모로 백 점짜리 딸이라서 우리 모녀 먹고 살만큼은 되니 다행이지."

나는 두부를 싫어하고 무슨 맛인지도 잘 모른다는 말씀은 드리지 않았고, 따뜻한 두부를 간장에 찍어 먹었다. 물컹하고 밍밍한 것이 여전히 두부 맛은 알 수 없었지만, 젓가락에 힘

6장. 스카치캔디 할머니, 그 이후

을 주면 부스러지는 두부를 불안한 마음과 함께 조심조심 한 덩어리를 다 먹었다.

　"지수가 내가 낳은 자식이 아니고, 이 동네 다른 집에 처음 입양되었다가 그 집이 큰 우환을 겪고 그 아버지는 교도소에 가고 그 엄마는 집을 나가서 애가 파양되었었지. 알겠지만, 그 이야기는 이 동네에 모르는 사람이 없지. 우리 가게에 두부 사러 오는 조그맣고 이쁘게 생긴 아이를 내가 늘 봐왔으니 모른 체할 수가 없어서 내가 거두었는데, 지금은 내가 저 아이에게 의지하고 살아. 불쌍한 인생 하나 거두어보자 했었는데 쟤가 나를 거둔 셈이 된 거지. 지금은 저 아이 없이 나는 못살아. 그러니까 말이야. 참 귀한 아이라고, 지수가. 남들이 뭐라 해도 저렇게 영리하고 자존심 센 아이가 또다시 상처받는 일이 없어야 한다는 게 내 생각이야. 각자 자기 길을 가는 게 좋겠어. 이 동네는 빤한데 지수 사정을 다 아니, 부모님께서 그렇게 반대를 하시는 것도 당연하다고 생각해. 김 원장님 댁이 이런 교제를 반대 안 할 수가 없다는 거 나는 이해해. 그렇지만 지수는 또 상처받으면 안 되는 아이야."

지수 어머니는 단호하셨고 지수는 더 단호했다. 부모님은 천천히 내가 설득할 거고, 너의 좋은 점을 아시게 되면 허락하실 거라는 나의 말은 지수에게 통하지 않았다.

"내가 왜 부모님 허락을 기다려야 하는 남자친구를 만나야 하지? 내가 입양아 출신인 건 내 선택이 아니었고, 나는 어떤 부족함도 없이 나를 스스로 키워낼 것이라고 다짐하면서 살아왔어. 내가 너희 부모님 허락을 기다려야 할 이유는 없어. 사랑한다고? 나는 그거 별로 중요하게 생각 안 해. 나를 보육원에 버린 부모도 서로 사랑해서 나를 낳았겠지. 나는 내 인생만 중요해. 넓은 곳에 가서 입양아 출신 딱지를 떼버리고 멋지게 살아 볼 거야."

지수는 잠깐 말을 멈추고 솥에 차가운 물을 한 바가지 부었다. 솥에서 끓어 넘칠 것 같던 두붓물이 다시 고요해졌다.
"어릴 때 양부모가 집을 나가고 차가운 방에서 며칠을 벌벌 떨며 무서운 밤을 보냈었지. 얼마나 추웠던지 이가 덜덜 떨리며 부딪치던 소리가 지금도 생생해. 그런 기억 싹 다 잊

6장. 스카치캔디 할머니, 그 이후

을 수 있는 따뜻한 곳에서 살 거야. 캘리포니아의 대학에 어
플라이 해 놓은 거 퍼미션이 왔어. 그 학교의 홈페이지에서
야자나무 길이 멋지게 펼쳐진 캠퍼스 사진을 보며 결심했어.
거기에서 나는 컴퓨터 더 공부하고 우리 엄마도 미국으로 모
셔 갈 거야. 나는 너 금방 잊을 수 있어."

6.

'나는 너 금방 잊을 수 있어.' 다른 말은 다 잊을 수 있는데,
그 말은 여전히 귀에서 맴맴 돈다. 지수는 나를 금방 잊을지
몰라도 나는 지수의 그 말을 죽을 때까지 잊을 수 없을 것 같
았고, 기차역에 들어오는 기차 소리보다 지수의 그 말이 환청
처럼 더 크게 내 귀를 울렸다.

살면서 서울을 벗어날 일이 별로 없어서 기차를 몇 번 타
본 적이 없기에 KTX니 새마을호니 무궁화호니 하는 개념도
요금 차이 정도로 생각했지만, 역시 무궁화호는 서민적인 느

낌이 훅 나고 자리도 비좁은 것 같았다. 종착역인 부산에 내려 바다나 구경하고 오는 수밖에 없겠지만, 그래도 단야역을 한 번쯤 상상이라도 해보는 건 나쁘지 않을 것 같았다. 이렇게 단 한 순간도 내 마음, 내 몸을 어떻게 가누어야 할지 모를 상태에서는.

단야역으로 가야겠다는 생각을 갑자기 한 것은 아니었다. 암막 커튼을 치고 방에 틀어박혀 있던 지난 며칠간 내내 단야강이 그리웠다. 스카치캔디 할머니에 대한 작가의 절절한 표현이 웹툰이나 웹소설에 흥미를 갖지 못하던 나도 빨려들게 했었고 한 번도 댓글을 달지는 않았지만, 새로운 연재가 올라오는 알림이 뜨면 맨 먼저 읽고 그 이야기 속으로 따라 들어갔던 기억 때문이었다.

지수를 잡을 수 없는 것을 알기에, 지수가 마음을 돌이킬 아이가 아니라는 것을 알기에 내 마음은 길거리에 뒹구는 휴짓조각 만큼이나 처참해져서 갈가리 흩어졌다. 어디라도 가야 했고 어디를 갈지는 알 수 없었고 그때 스카치캔디 할머니 생각이 났다. 단야에 가고 싶어졌고 주인공이 되어 그 할머니와 이야기 나누고 싶어졌다.

깜빡 졸았던 것 같기도 하고 아닌 것 같기도 하고 비행기 이륙할 때 느끼는 귀가 먹먹해지는 느낌을 받았는데, '이번에 내리실 역은 단야역, 단야역입니다.'라는 안내 방송을 분명히 똑똑히 들었다.

7.

단야역에 내려 역 앞의 버스 정류장에 서니 버스노선은 하나밖에 없었고, 그 버스에 올랐다. 몇 개의 정류장을 지나니 버스의 종점인 듯 정류장 알림판에 단야라고 적혀있었다.

풀은 종아리 부근까지 무성히 자라 있었고, 길은 축축해서 비가 많이 내렸던 것 같았다. 서울엔 비가 오지 않았는데, 시골은 비가 더 많이 내리는 것 같다. 풀을 헤쳐서 길을 찾아가며 따라 들어가는데 몇 채의 오래된 기와집들이 보이고, 이제는 이 동네에 사는 사람들이 별로 없는 듯 적막했다. 소설 속에서 읽은 것보다 더 사람이 없고 적막했고, 목줄도 없이 혼자 돌아다니던 강아지가 나를 보더니 풀숲 사이 작은 길로 도망갔다. 강아지가 간 길로 따라 들어가 보니 좀 더 넓은 길로 이어지고 한때는 농사일로 바빴을 흔적이 여기저기 있었다. 멈춰 서 있은 지 오래된 것 같은 녹슨 경운기가 있었고, 여기저기 삽이랑 작은 수레가 길 중간에 흩어져있었다.

강이 보였다. 물안개가 자욱하고 키 큰 나무가 빼곡해 보이는 낮은 언덕이 강 건너에 보였고, 나는 그 모습을 감상하며 주인공이 되어 강을 따라 걸었다. 낚시터는 제법 컸는데 여기저기 나무 의자들이 뒹굴고 있었고, 이제는 낚시하러 이 동네를 찾는 사람은 없는 듯 몇 개의 낚시 장비들이 버려져서 낚시터 여기저기 흩어져있었다.

'이 강을 따라가다가 보면 보이려나, 정말 보이려나.' 반은 믿고 반은 안 믿는 마음으로 걸어가는데 발걸음을 빨리해야 할지 느리게 해야 할지 몰랐다. 빨리 걸어서 그 집을 발견하지 못하면 허탈할 것 같고, 느리게 걷기엔 그 집을 빨리 발견하고 싶은 마음이 더 컸다.

어린왕자가 보아뱀을 그리자 어른들은 모자라고 생각했다. 모자 그림 속에 보이지 않던 보아뱀을 그려주어야 비로소 그것이 무엇인지 알게 된 어른들을 보며 어린 왕자는 말했다. 어른들은 설명해주지 않으면 아무것도 모른다고. 나는 어린 왕자가 되어보는 거라고, 오늘은 설명해주지 않아도 아는 어린왕자가 되어보는 거라고 생각했다. 단야강이 꺾어져 흐르는 그 지점에 이층집이 있었다.

이층집은 수리를 대충 한 듯 큰물에 잘려 나간 포치의 한 귀퉁이를 나무토막으로 얼기설기 박아놓고 페인트는 칠해져 있지 않아서 하얀 이층집의 아름다움을 찾아보기 힘들었다. 한때는 스카치캔디 할머니 부부가 살고 농사짓고 강을 바라보고 차를 마시고 이야기를 나누던 집이라 생각하니 다정한 마음이 들었고, 현관 앞에 그대로 놓인 흔들의자를 발견하니

반가웠다. 주인 없는 집이라 허락도 받을 데가 없으니 그 의자에 내가 주인인 것처럼 편안히 앉았다. 약간 삐그덕 거리는 소리가 나서 거슬리기도 했지만 등에 힘을 주니 의자는 앞으로 뒤로 조금씩 움직이며 흔들거리면서 기분을 좋게 했다. 강물은 꺾어지는 부분에서 수심이 더 깊어지는 듯 푸르고 넓었으며, 물안개는 천지를 뒤덮을 기세로 강물을 따라 유유히 흐르고 있었다.

지수는 지금쯤이면 미국에 도착해서 짐을 풀었을 것이다. 컴퓨터 공학 전공이 유명하다는 그 대학의 석박사 과정을 당당히 멋지게 시작할 것이고 나를 금방 잊을 것이며 어쩌면 나와의 추억조차 비행기 이륙과 동시에 버리고 떠났을 것이다. 여자 때문에 사랑 때문에 죽을 수도 있겠다는, 목숨을 버릴 수도 있겠다는 그 끝없는 절망감이 어떤 것인지 나는 알 것 같았다. 갑자기 눈물이 났고 저 깊은 강물 속으로 걸어 들어가고 싶은 마음이 울컥 치솟아 올랐고, 그렇게 저 강물 속으로 들어간다면 여름 반팔 교복에 드러났던 그녀의 팔 위 솜털 하나가 되어도 좋겠다고 생각했던 그 절절한 나의 사랑도 물안개처럼 피어오를 것 같았다. 갑자기 지수가 너무 보고 싶었다. 지수를 지금 한 번만 볼 수 있다면 목숨조차 아깝지 않을 것 같은 간절한 마음이 나를 에워쌌고, 내 얼굴을 타고 내리는 것이 강물인지 눈물인지 구별하지 못할 정도로 엉엉 울었다.

8.

"괜찮나?"

갑자기 옆에서 누군가 말을 걸었다. 나는 순간 너무 창피해서 고개를 숙였고 이미 울고 있던 모습은 다 들켰지만, 지금이라도 눈물을 감추고 싶었다.

"아니, 괜찮아. 일어나지 마. 그냥 앉아있어. 나는 여기 이 의자에 앉으면 되니까."

아저씨는 현관 벽 쪽에 놓여있던 작은 의자를 끌어당겨 와서 나와 조금 거리를 두고 앉았다.

"죄송합니다. 아무도 안 계시는 줄 알고. 아무도 안 사는 집인 줄 알고."

"응, 한동안 아무도 안 살았지. 어머니가 사시던 집이고, 내가 지난달에 내려와서 소일거리로 집 뒤쪽에 밭을 가꾸며 지내고 있지."

아저씨는 목에 두른 수건을 벗어 얼굴을 닦고 발도 닦았다.

"아차, 더우니 시원한 물이라도 내와야겠네."

아저씨가 건네주신 물을 마시는데, 지수가 보자기를 풀어 꺼낸 물통에서 따라주던 그 물맛이 났다. 강을 바라보며 한참을 앉아있는 동안 아저씨도 나도 아무 말 하지 않았다.

9.

"이곳에 사시던 할머님이 스카치캔디 할머니이신가요?"

"그렇지. 사람들이 어머니를 그렇게 불렀다고 하더군. 참 고우신 분이었지. 어머니가 가시고 오래 비워놓은 집을 지난

달부터 수리하기 시작했는데, 아직 멀었어. 강물이 한 바퀴 지나간 집은 손보는 데 시간이 오래 걸려. 집은 급한 대로 손보고 천천히 고쳐야 하고, 농사는 때가 있으니까 밭부터 다시 일구고 몇 가지 이것저것 심고 그러고 있어. 그런데 자네는 뭐 그리 속상한 일이 있는 건지 말해줄 수 있겠나."

"아니, 아닙니다. 그냥 여기 와보고 싶었어요. 할머니께 좋은 조언을 들었다는 글을 읽어서 여기 와보고 싶었어요."

"우리 어머님이 안 계셔서 안타깝네. 워낙 책을 많이 읽으셨던 분이라 그런지 세상을 보는 눈이 있으셨지. 본인은 후회가 많다고 늘 말씀하셨지만, 그 후회에서 깨달은 것도 많으셨던 거지."

"나중에 후회할 걸 알겠는데도 바꿀 수 없는 현실은 어떻게 해야 할까요?"

"글쎄. 사람들은 알면서도, 후회할 것을 알면서도 어쩔 수 없는 현실을 받아들이는 경우가 많지. 후회와 포기는 같은 말이거든. 결국, 그건 포기인 거지."

"포기하고 싶지 않아요. 나중에 후회할 걸 아니까요."

"자네가 그렇게 강을 바라보며 하염없이 우는 걸 보면 당연히 포기할 수 없을 거고 그러나 어쩔 수 없으니 그러는 거겠지. 어머니는 그런 말씀을 하셨지. 정말 포기할 수 없다면 자기만의 비밀주머니를 하나 만들어 두라고. 그 비밀주머니 안에서 세월을 보낸 그 일이 나중에 스스로 답을 줄 거라고. 사실은 자신이 비밀주머니 안에 비밀과 함께 답을 넣어두는 거지만, 지금은 그 답을 알아도 어쩔 수 없으니 답도 같이 넣어 두는 셈이라고 말씀하셨지. 다시 주머니를 열어볼 때 그 답을 꺼내 보는 거야. 나중에 그 답을 꺼낼 때가 되면 그 답이 시간을 차곡차곡 채워서 그 일을 다시 들여다보게 하지."

나만의 비밀주머니를 만들어서 지수와 나의 일을 넣어놓고 시간이 차곡차곡 쌓이게 두어보는 것, 그 속에 함께 넣어 놓은 답도 차곡차곡 쌓인 시간과 함께 나중에 꺼내 보는 것. 그것이 내가 지금 할 수 있는 모든 것인가. 나는 판단이 서질 않았다.

6장. 스카치캔디 할머니, 그 이후

"어머니는 말씀하셨지. 후회도 자신의 선택이라고. 후회할 걸 알면서 어쩔 수가 없으니 그런 결정을 하게 되는 거고, 결국 그 결정이 후회가 되어 다시 돌아오는 거라고. 어머니가 계셨더라면 자네에게 어떤 답을 주실지 나도 궁금하네. 그러나 나는 그렇게 생각해. 자네의 일에 집중하고 비밀주머니를 잘 간직하는 것, 그리고 그 답을 꺼낼 때가 왔을 때는 우물쭈물하지 말고 그 답이 시키는 대로 할 것. 사람들은 비밀주머니를 간직하지 않고, 세월이 흐른 후 후회하기만 하지. 비밀주머니 속의 답을 꺼낼 때를 기다릴 줄 알아야 해. 그리고 준비를 해야 해. 그 답을 꺼낼 때 당당하고 멋지게 답대로 할 수 있도록. 모든 일은 강물처럼 흐르고, 시간만큼 좋은 답은 없지. 그런데 강물처럼 흐르라고 그 시간을 그대로 두어서는 안 되지. 그저 흘러가지 않고 차곡차곡 쌓이도록 그 시간을 내 것으로 만들어야 해."

끓인 두붓물을 커다란 주머니에 부으면 걸러내어진 물이 두부가 되는 것이다. 시간이 지나고 그 물이 서로 엉기고 덩어리가 되고 단단한 두부가 되는 것이다. 지금 나는 걸러내어져 두부가 될 물을 보지 못하고, 주머니 속에서 걸러진 찌꺼기가 답인 줄 알고 당황해하고 있었던 것인가.

10.

물안개가 자욱했던 그곳을 나서며 진짜 답이 걸러질 그날을 위해, 그 답을 꺼낼 때 우물쭈물하지 않고 과감하게 답대로 행동할 그날을 위해 휴학계를 낸 것을 취소했다. 단야역에서 서울로 가는 표를 사고 다시 이곳을 찾을 수 없음을 알기에 역의 곳곳을 애정 어린 눈으로 쳐다보았다. 항상 소설은 너무 많은 것을 미리 알려주고, 작가들은 할 말이 너무 많아서 숨겨둘 수가 없는 모양이다.

한글로 단야역이라고 쓰인 역이름판에는 작은 글씨로 單椰라고 적혀있었다. '오직 단, 야자나무 야'라는 한자다. 대학 캠퍼스에서 야자나무가 줄지어 서있는 길을 걷고 있을 지수를 생각했다. 가슴이 뭉클해지면서 며칠 내내 시달렸던 두통이 없어지고 머리가 맑아지는 느낌이 들었다. 유독 작아 보이는 한 칸짜리 매표소와 햇살이 쏟아져 들어오는 천정이 없는 역 건물과 두 줄로 나란히 줄 서 있는 역로를 유심히 바라보았다. 다시 이곳을 찾을 수 없다는 사실에 마음이 아려왔지만, 누군가에게 또다시 단야를 향하는 길은 열려있음을 생각하며 낡고 작은 역의 풍경에 따뜻한 이별을 고했다.

상행선 기차에 오르면서 하행선 때와는 다르게, 나는 모자 속의 보아뱀을 본 어린왕자처럼 뿌듯하고 우아하게 자리에 앉았다. 나는 지수가 단 일분도 허락을 기다리지 않게 할 그날을 위해 비밀주머니를 꽁꽁 여몄고, 그 답을 꺼낼 때를 위해 차곡차곡 더 열심히 나의 시간을 만들어 갈 것이다.

세상 모든 것에 감사할 그날을 위해…….

어디로 갈지 모를 때 '단야역'에 내려보자.
우리를 기다려주고, 어디로 가야 하는지 가르쳐 주는
스카치캔디 할머니를 만나게 될 것이다.

누구나 각자 삶의 물음표를 가지는 시간이 있다. 열심히 살아왔
고, 꿈을 향해 달려왔지만 어디로 나아가야 할지 까마득해질 때가
있다. 그럴 때 이 소설의 주인공인 남자와 여자는 각각 기차에서
만난 한 할아버지의 손에 이끌려 '단야역'에 내리게 된다.

'단야역'에 내린 여자는 물안개가 피어오르는 신비한 강가에 세

워진 하얀 이층집을 발견한다. 그 집 현관 앞, 흔들의자에 앉아 있
는 스카치캔디 할머니를 만나게 된다. 지쳐가는 일상과 멀어져가
는 꿈 사이에서 방황하며, 이제는 그 꿈을 포기하기로 한 그녀는
스카치캔디 할머니의 이야기를 듣게 된다. 할머니는 후회되는 인
생에 대해 이야기하고, 결국 그 후회는 여주인공의 인생 여정과
연결된다.

회사에 사표를 내고 낚시여행을 떠나는 남자는 역시 '단야역'에
내리게 된다. 남자는 자신에게 세상 모든 것이나 마찬가지였던 유
년 시절 속의 아버지를 회상한다. 단야강에서 낚시를 하며 세상과
융화되지 못했던 자신의 삶을 돌아본다. 그리고 스카치캔디 할머
니가 남긴 비밀주머니를 발견하게 된다.

스카치캔디 할머니가 남긴 비밀주머니를 통해 남자와 여자는
어디로 나아가야 할지 알게 되고, 새로운 길의 시작에서 함께하게

된다.

나는 여러 글을 쓰고, 여러 영상을 만들어왔다. 많은 작업이 쌓여가면서 마음 한쪽에 수많은 사람들의 이야기가 넘쳐나서 이제는 꽁꽁 싸매 둘 수 없음을 알았다. 그리고 오래된 습작 노트 속에서 그 사람들의 이야기를 끄집어내 보았다.

각자 고단한 사연을 간직한 채 살아가는 주인공인 독자 모두가 꿈을 간직하고 꿈을 펼쳐가는 리얼리스트가 되길 바란다. 그리고 내 소설들이 그 리얼리스트들이 걷게 될 길에 작은 이정표가 되기를 간절히 바라본다.

참고도서

*원제 〈거울, 또는 오랑트의 변신 Miroir ou la Métamorphose d'Orante〉

역서 〈거울이 된 남자〉 ; 저자 샤를 페로 ,역자 장소미, 출간 특별한 서재

*윈스턴 처칠, 나의 청춘 ; 저자 윈스턴처칠, 역자 임종원, 출간 행북

*처칠, 나의 청춘기 ; 저자 윈스턴처칠, 역자 강우영, 출간 청목사

위의 도서들을 참고하였으며, 부분 인용함을 밝힙니다.

*서른다섯까지는 연습이다 ; 저자 노진희, 출간 알투스

위 에세이 P47, P48의 스카치캔디 할머니 사연 부분을

이 소설의 아이디어로 사용하는 것을 허락해 주심에 감사드립니다.

스카치캔디 할머니의
비밀주머니

초판 1쇄 발행 2021년 10월 12일

지은이 양부현

펴낸이 손은주 **편집** 이선화 **마케팅** 권순민
경영자문 권미숙 **디자인** Erin **일러스트** 염예슬 백경희

주소 서울시 마포구 희우정로 82 1F
문의전화 02-394-1027
팩스 02-394-1023
이메일 bookaltus@hanmail.net

발행처 (주) 도서출판 알투스
출판신고 2011년 10월 19일 제25100-2011-300호

ⓒ 양부현, 2021
ISBN 979-11-86116-30-2 03810